長編小説

義母と義姉
とろみつの家

睦月影郎

竹書房文庫

目次

※この作品は竹書房文庫のために
書き下ろされたものです。

第一章　美人母娘が家族に

1

（この同じ家の中に、美女が二人住んでいるんだ……）

京介《きようすけ》は、自室のベッドに横になり、あらためて思った。

しかし、耳を澄ましても、同じ二階の二部屋からは何の物音も聞こえない。

もう午後十一時だ。恐らく、もう美紀子《みきこ》も亜利沙《ありさ》も寝たのだろう。

そして京介も、何かと物音を立てないよう気を遣《つか》ってしまった。

今まで父と二人暮らしで、あまりに広いこの家で気ままに生活してきたが、それが急に自分の立てる物音に気遣うようになってしまったのである。

伊原《いはら》京介は十九歳になったばかり、この春に高校を卒業した浪人一年目である。

私大文系志望で、将来は物書きになれれば良いと思っていた。それにはまず、大学に入って四年間じっくり読書と持ち込み小説の執筆に専念したい。

国語と選択社会の日本史は得意だが、英語がイマイチで現役合格はダメだった。だが、来年は何とかなるだろう。

ここは都下郊外にある住宅街。二階建ての自宅は築十五年になる。

四十五歳になる父の京一郎《きょういちろう》は大学で、心理学の准教授をしていた。

京介の母親は彼が幼い頃に病死し、京一郎は仕事で忙しいので、彼は同居していた祖父母に育てられた。

その祖父母が先年、相次いで他界すると、完全に父子家庭となった。

それでも、もう京介も高校生になっていたから自分のことは全て出来た。何かと出張の多い京一郎と顔を合わせるのも週に一、二度ほどだった。

だから、ほとんど京介は一人暮らしに近い生活をしていたのである。母親の思い出もろくにないうち病死したので、特に彼は寂しいとも思わなかった。

その京一郎が、急に再婚すると言い出したのがこの春だった。

相手は高井《たかい》美紀子という三十九歳の美女、しかも彼女には二十歳《はたち》になる、亜利沙という大学三年生の一人娘がいたのだ。

「私、ずっと男の子が欲しかったんです」

「私も、弟がいたらいいなって、ずっと思っていました」

顔合せの外食の時、美紀子と亜利沙の母娘は、緊張に硬くなっている京介に、笑顔でそう言った。

髪をアップにした美紀子は巨乳の美熟女、和風の顔立ちは天女のようだと京介は思った。亜利沙も母親に似た美形だがショートカットで、スポーツが好きなようで年中トレーニングをしているらしい。

亜利沙は間もなく二十一になるので、京介より学年は二学年上だ。

女性たちとの会食など初めての京介は、久々のレストランのご馳走も味が分からないほど身を硬くしていた。

それでも、母娘は気にすることもなく、楽しげに食事していた。

美紀子は未亡人で、会社員だった亡夫は出張中の事故死らしく、伊原家とは反対に長く母子家庭だったようだ。

美紀子は高卒後すぐ見初《みそ》められて結婚し、十九で亜利沙を産んでいる。

京一郎と美紀子の出会いは、何と料理教室だった。

美紀子が講師をしている教室に、京一郎が通っていたのである。自分の両親、つまり京介の祖父母が他界したので、たまには息子に旨《うま》いものでも食わせようと親心で、忙しい中、週に一回だけ通い、それで親しくなったらしい。

そして教員志望の亜利沙は、大学で京一郎が顧問をしている児童心理学のサークルに所属していたのである。

京介が自宅浪人でグダグダしている間に、京一郎は忙しい合間を縫ってこの母娘と親しくなり、京介の知らない間に家族になる話が進んでいたのだろう。

もちろん京介に否《いな》やはない。どうせ部屋数は余っているし、美女たちならば華《はな》やかな気分になれるだろう。

どうせ亜利沙も、卒業して就職すれば家を出るだろうし、京介だって合格した大学によってはアパート暮らしをするかも知れないので、四人が揃って同居するのはそう長いことではないのだ。

かくして、母娘は賃貸マンションを引き払い、披露宴などもせず、入籍して高井から伊原として住むようになって一週間が経った。

家は狭い庭と駐車場、一階にリビングにキッチン、バストイレと京一郎の書斎。そしてかつて祖父母の部屋だった仏間に、京一郎は寝ていた。やはり遅くまで仕事があるから、書斎の隣に寝室がある方が便利なのだろう。

二階はトイレと納戸の他、八畳間が一部屋に、六畳間が二つあった。全て洋間で、和室は階下の仏間だけである。

そして一階にはテラス、二階にはベランダがあった。

夫婦の寝室として、美紀子は八畳間。亜利沙と京介は隣り合わせた六畳間で、互いの窓の外はベランダで繋《つな》がっている。

この一週間、京介は緊張のし通しだった。

今も料理教室の講師をしている美紀子の料理は実に旨いが、やはり味わうより緊張が先に立ち、何度も噎《む》せそうになったものだ。

京一郎は帰りが遅く、不在の日も多いので、どうしても京介と母娘の三人で夕食を囲むことが多いのである。

同居の話があったときは、華やかな気分になれるかと思ったが、いざ一緒に暮らしてみると彼は慣れることなく、自分の家なのにトイレに入るのさえ気遣うようになってしまった。

美紀子は昼間は料理教室で仕事をこなし、夕方に帰宅する。亜利沙も日中は大学に通っていた。母娘とも気さくな性格で、京介ほどの緊張や気遣いは見受けられず、すぐにも順応しているようだった。

京介はろくに外出せず、ひたすら自宅で英語の問題に取り組むばかりである。

しかし彼の頭の大部分を占めるのは、急に家族になった義母と義姉のことばかりであった。

トイレに入れば、この便座には美紀子や亜利沙が尻を当てたのだと意識してしまうし、風呂に入っても母娘の残り香が気になり、どうにも股間が突っ張ってしまうのである。

今までは好き勝手な時間にトイレでもシャワーでも使え、大きな音で音楽を聴くことも出来たが、今は実に不自由な思いをしていた。それでも、美しい母娘が一緒にいることは、少しも嫌ではなかった。

もちろんママとか姉さんとは呼べず、彼は母娘を名で呼んでいた。

二人は彼を『京介さん』と呼んでいる。

高校時代、文芸サークルで一緒だった女子を好きになったこともあったが、結局シャイで卒業まで告白もできなかった。

しかし京介は、無垢《むく》で神聖な美少女よりも、年上の女性に手ほどきを受けたい願望が強くあり、今は完全に母娘のどちらかを思って熱烈にオナニーするようになってしまった。

そう、食事と寝るとき以外は受験勉強、と思っていたが、その合間のオナニーが最も重要な時間になってしまったのである。

京介は、日に二度三度と続けて射精しないと治まらないほど性欲は旺盛で、しかもまだキスも知らない完全な童貞である。

とにかく、今日も寝しなに抜こうと、彼はオナニーの準備を始めた。

傍らには、何と美紀子と亜利沙の下着があるのだ。

そう、脱衣所の洗濯機から拝借してきたのである。用が済んだら、寝る前にまた階下へ行って戻しておけば良い。

なかなか下着が手に入る機会がなく、ようやく今夜手に入れたのである。

何しろ彼は昼頃起きる習慣だったから、すでに洗濯が済んでいたのだ。

だから、母娘が来てからは彼も早寝早起きに努め、こうして寝しなに念願のものが入手できた。

美紀子のショーツに、京一郎の逆流したザーメンでも付着していたら嫌だと思ったが、父は今朝から出張で十日間ほど、ヨーロッパを回る予定である。

だから、母娘と三人だけで過ごす最初の夜だから、どうにも我慢できなくなってしまったのだった。

そして京介はジャージと下着を脱ぎ去り、全裸になった。

彼は全裸でオナニーし、いつもは寝るときもそのまま、薄掛けだけだった。

寝返りを打つとき、シャツや下着がよじれるのが嫌で、いつしか全裸で寝る習慣がついてしまった。

これも、一人暮らし同様の生活によるものなのだろう。

今は自室だし、誰も来ないだろうから、自分の部屋ぐらいは今まで通り好きにしていた。

やがて全裸でベッドに仰向《あおむ》けになると、母娘の下着を傍らに置き、彼は枕元の引き出しからコンドームを取り出した。

そう、これも彼の習慣なのである。

なぜオナニーなのにコンドームを着用するのか。別にザーメンが飛び散るのが嫌なわけではない。

実は、彼は特殊な体質を持っていたのである。

とにかく京介は封を切り、ピンピンに勃起している無垢なペニスにコンドームを装着した。

そして準備を調えると、まず美紀子のショーツを手にした。

美紀子は割りに豊満な方で、亜利沙は引き締まり、母娘の下着は大きさでその区別がついた。

白の綿、表面に鼻を埋めて嗅ぐと、繊維に沁み込んだ汗が甘ったるく匂った。

ここ数日は梅雨《つゆ》の晴れ間で毎日蒸し暑く、母娘とも昼間は何かと動き回って汗ばんでいたのだろう。

やがて京介はショーツを裏返し、股間の当たる部分に目を凝らした。

2

（ああ、ここに美紀子さんの股間が直《じか》に密着していたんだ……）

京介は、クロッチを観察しながら興奮に息を弾《はず》ませた。

そこには微かに割れ目の食い込んだ縦ジワがあり、うっすらとレモン水でも垂らしたようなシミが認められた。しかしシャワー付きトイレだから、肛門に当たる部分には何の付着もない。

うんと汚れていたら興奮と同時に幻滅したかも知れないが、あまりにシミが淡すぎて物足りない気持ちだった。

それでも中心部に鼻を埋め込んで嗅ぐと、蒸れた汗の匂いにオシッコらしき成分が感じられ、たちまち彼はうっとりと酔いしれた。

間違いなく、この繊維に美しい美紀子の性臭が沁み込んでいるのだ。

淡い匂いは鼻腔を掻《か》き回して胸を満たし、さらに股間に刺激が伝わってきた。

京介はコンドーム越しに幹をしごき、ジワジワと高まりはじめた。

肛門の当たる部分にも鼻を押し付け、繊維の隅々を嗅いだが、そちらは蒸れた汗の匂いが甘ったるく籠《こ》もっているだけだった。

さらに亜利沙のショーツを手にした。

そちらは同じく白だが、シルクのようにスベスベの手触りだ。

やはり繊維の全体には汗の匂いが濃厚に沁み付き、裏返してクロッチを見ると、美紀子のものよりはややシミが縦長に広がっていた。色合いは、微かにバターを混ぜたようなヨーグルトを塗り付けた感じである。

鼻を埋めて嗅ぐと、甘酸っぱい汗と残尿臭に混じり、ほのかなチーズ臭もして鼻腔が刺激された。

(ああ、亜利沙さん……)

思いながら幹をしごくと、彼は二人分の匂いでたちまち絶頂に達した。

「く……！」

快感に呻《うめ》きながら、ドクンドクンと勢いよく熱いザーメンをほとばしらせた。

たちまちコンドームの精液溜まりに、白濁の液が満ちてゆく。

嗅ぎながら全て出しきり、彼はすっかり満足しながら動きを止め、グッタリと身を投げ出した。

実は、彼の特異体質は、これからなのである。

呼吸を整えた京介は、気を込めはじめた。

すると何と、放出したばかりのザーメンが、見る見る再び尿道口に吸い込まれていくではないか。

そう、これが京介の特殊能力なのだった。

放出したザーメンを再び吸い込むと、また淫気が甦《よみがえ》ってくるのである。

彼は、中学までは普通に指で直に幹をしごき、ティッシュの中に射精していた。

しかし高校に入ると、京介は悪友から一個のコンドームをもらったのだ。

「彼女とするときに使えよ」

すでに経験者だった彼が先輩じみて言ったが、京介は使う相手もいないので、自室で一人、好きな女子を思って勃起させ、試しにコンドームを装着してみたのだ。

（きついな。締め付けられる感じで良くない。まあ生身の女体がいれば、萎《な》えることはないだろうが……）

京介はそう思ったが、また外して袋に戻すわけにもいかない。

せっかく装着したのだから、これで射精する感覚を味わってみようと思い、握ってしごきはじめた。

そして絶頂を迎え、彼は先端の精液溜まりに射精した。

しばし脱力して余韻に浸っていたが、

（あまり良くないな。外してもう一回指で直に触れよう）

彼が再び淫気を甦らせてそう思ったとき、何と放ったザーメンが尿道口に逆流してきたのである。

「え……？」

京介は驚き、出したザーメンを吸い込んでいくと同時に、絶大な淫気に包まれたのだった。

吸入するときも、射精に似た快感らしきものが得られた。

（まるで、象の鼻みたいだな……）

彼は思いながら、回復した淫気に任せ、再びオナニーした。

そして射精すると、最初と同じぐらいの快感を得ることが出来たのである。

（これは、無限にやり続けられるんじゃないか……？）

京介は思ったが、放出したザーメンは一回目よりやや多く、精液溜まりはパンパンになっていた。

そこで、もう一回、多めのザーメンを吸入してからコンドームを外し、またオナニーをし、三回目の射精はティッシュに放ったのである。

もちろんコンドームを換えれば、延々と射精し続けられるだろうが、死ぬまで抜き続けるわけにもいかない。

だから京介は、立て続けの射精は三回を上限と自分で決めたのである。

回を重ねるごとに快感が大きくなるわけではなく、全て一回目の射精と同じぐらいの感覚だが、するごとに少しずつ新たなザーメンが増すようだった。

こうして、京介は特異体質による快感を得るようになったのである。

のちに、山《やま》田《だ》風《ふう》太《た》郎《ろう》の忍法帖シリーズを読むと、似たような話があった。

それは『〆の忍法帖』という短編で、殿様が側室に射精すると、主人公の忍者が彼女に挿入し、殿のザーメンを吸入し、遠くにいる正室に会いに行って射精し、主君の子種を残そうという話である。

もちろん途中で一度でも小便を出せばアウトだから、急いで正室のいる場所へと向かうのだが、気は急《せ》くが敵は出てくるし、なかなか辿り着けないというストーリーだった。

この術を、主人公の忍者は『忍法・馬吸夢（バキューム）』と呼んでいた。

（この体質が、僕にも……）

京介は思い、特殊能力を喜んだが、とにかくやり過ぎないよう注意し、射精は日に二、三回までとしたのである。

今回も彼は、一度目のザーメンを全て吸収して絶大な淫気を甦らせ、そこでコンドームを外した。二回目のオナニーは、心ゆくまで飛ばしたかった。やはり精液溜まりがあると詰まるような感覚があるのだ。

そして今夜は、二回の射精で満足しようと思った。

空になったコンドームをティッシュに包んで捨て、今度は直に指でしごきながら、美紀子と亜利沙の下着を同時に鼻に押し当てた。

（ああ、いい匂い……）

彼は、初めて嗅いだ美女たちの股間の匂いに酔いしれ、やがて絶頂が迫ると、飛び散らないよう亀頭をティッシュで包み、再びしごいた。

「あう、気持ちいい……」

たちまち昇り詰め、一度目に勝るとも劣らぬ快感とともに、ドクンドクンと勢いよく射精したのだった。

「ああ……」

すっかり満足しながら京介は声を洩《も》らし、動きは止めたが、なおも二人のショーツを嗅ぎながら余韻に浸り込んだ。

美紀子も亜利沙も、まさか京介が、自分たちの恥ずかしい匂いで二回も射精したなど夢にも思っていないだろう。

そんな禁断の思いも加わり、いつまでも彼の荒い息遣いと動悸《どうき》は治まらなかった。

(今度は、パンストやソックスの爪先、ブラウスの腋《わき》の下も嗅ぎたい……)

そんなことを思うと、また回復しそうになったので、京介は呼吸を整えて身を起こした。

そしてTシャツと短パンだけ着け、二枚のショーツを持ってそっと部屋を出た。

母娘の部屋は、それぞれ静まりかえっている。

そっと階段を下りて脱衣所に行き、洗濯機を開け、二人のショーツは触った痕跡がないよう、下の方に押し込んだ。

そして手を洗って歯磨きをし、寝しなの小用も終えると、さっぱりした気持ちで二階へ上がり自室に戻った。

ベッドと学習机にノートパソコン、あとは本棚とオーディオセットがある。

小遣いが少ないので、もっぱら読書は京一郎の書斎にあるものを借りて読むことが多い。

(さあ、そろそろ寝よう……)

彼は再び全裸になり、灯《あか》りを消すとベッドに横になった。

もう早寝早起きは、そんなに苦痛ではなかった。やはり母娘との朝食は、緊張するがそれなりに楽しみなのである。

しかし二人のナマの匂いを知ってしまってからは、朝に顔を合わせるのが気まずそうだった。もちろん何かしたなどと気取られないよう、細心の注意をしなければならない。

母娘のことを思うと、また興奮に目が冴えてしまいそうだったが、何とか京介は眠ることが出来たのだった……。

——翌朝、七時半に目覚め、京介はジャージを着て二階のトイレで用を足した。

この時間なら、すでに美紀子も亜利沙も階下にいるだろう。

便座に座りながら、今まではなかった片隅の汚物入れを覗く習慣がついてしまったが、今日もそれは空だった。

そして彼は一階に下り、顔を洗ってからリビングへ行ったのだった。

3

「おはよう。私は先に出かけるので亜利沙と食事してね」

キッチンには美紀子だけがいて、朝食の仕度を整えて言う。どうやら亜利沙は近所の公園までジョギングしているようだ。

たまに母娘は、大学へ行く亜利沙の車で一緒に行くのだが、今日の美紀子は早めの用事があるので電車で行き、亜利沙はゆっくりらしい。

すでに洗濯が終わり、一階のテラスに干されていた。

トーストが焼け、ハムエッグとサラダ、牛乳が用意されている。

京介は席に着いたが、亜利沙はいないし、美紀子も出かける仕度をしているので、一人で落ち着いて食事することが出来た。

やがて美紀子が出かけてゆき、京介は洗い物を終えると、食後の歯磨きをしてから二階へ行った。

まだ亜利沙は戻ってこない。

彼は二階の、美紀子の部屋を覗いてみた。

マンションから持ってきたセミダブルベッド、化粧台に洋ダンスなどがあり、室内にはふんわりと甘く生ぬるい匂いが籠もっていた。

母娘とも、持ってきたマンション時代の家具は最小限にし、不要なものは処分したようだ。

もちろん京一郎は、今でもまだ仏間の布団で寝ているので、夫婦生活のときは美紀子が階下におりてしているのだろう。やはり京介や亜利沙がいる、同じ二階は気が引けるのかも知れない。

だから、このベッドを使っているのは、まだ美紀子だけのはずだ。

京介は恐る恐る部屋に入り、枕に顔を埋め込んでしまった。繊維の隅々には、甘ったるい匂いが濃厚に沁み付き、悩ましく鼻腔が刺激された。髪の匂いや汗、体臭や涎《よだれ》の成分まで混じっているかも知れない。

彼自身は痛いほど突っ張り、シーツや薄掛けも嗅いでしまった。

しかしパジャマかネグリジェなどは、朝一番に他のものと一緒に洗濯してしまったようで見当たらなかった。

化粧台にはヘアブラシがあり、手に取ると何本か黒髪がからみつき、甘い匂いが感じられた。

口紅も、嗅いだり舐《な》めたり、ペニスで触れたりしてみたいが、ふと鏡に自分のイヤらしい顔が映り、彼は断念した。天女のように美しく神聖な義母を汚すのが、急に気が引けたのである。

京介は入った痕跡がないか見回してから部屋を出ると、自分の部屋の隣、亜利沙の部屋のドアを恐る恐る開けてみた。

甘ったるい匂いがさらに立ち籠め、シングルベッドと学習机、本棚にパソコンなどが置かれている。入り口や窓に合わせ、機能的な配置をし、元からあった空き部屋を充分に活用しているようだ。

棚には体操部時代の賞状や、平均台や床運動の写真が飾られて、部屋の隅にはダンベルや腹筋台なども置かれている。

もう三年生で、教育実習や卒論もあるから一線からは引退しているようだが、元々運動が好きで、トレーニングは欠かしていないのだろう。

京介は同じように枕に顔を埋め込み、沁み付いた匂いを吸い込んだ。それは美紀子より濃厚で、甘ったるい汗の成分が一番多いようだ。

すでにペニスははち切れんばかりの勢いで、ピンピンに勃起していた。

これでは、朝一番で抜いておかないと受験勉強に専念できないだろう。

とにかく彼は亜利沙の部屋を出て、元通りドアを閉めると自室に戻り、ベッドに仰向けになり、ジャージのズボンを下着ごと下ろして強《こわ》ばりを露《あら》わにした。

しかし、考えてみれば今抜いてしまうより、亜利沙が出かけてから、それぞれの部屋で嗅ぎながらした方が快感が多いかも知れない。

(そうだ。今は我慢した方がいいかもしれない……)

京介は亜利沙が出かけるまで待とうと思い、幹をしごくのをやめた。

すると慣れない早起きと、朝食で腹が満たされているので、いつしか彼はウトウトと眠り込んでしまったのだった。

どこか遠くでノックの音が聞こえた気がしたが、京介は睡魔に勝てず身を投げ出したままだった。

そのうち、やけに気持ち良くなり、まるで小学六年生のときに夢精した感覚を思い出すほど高まってきたではないか。

いや、夢精よりもっと大きな快感である。

ピチャピチャと猫がミルクでも舐めるような音が聞こえ、ジワジワと絶頂が迫ってくると、京介はいきなり目を覚ました。

人の気配と同時に、股間に違和感を覚えて見ると、何と亜利沙が亀頭にしゃぶり付いているではないか。

「うわ……」

声を洩らし、ビクリと身じろぐと、亜利沙もスポンと口を離して顔を上げた。

「ごめんね、起こしちゃった？」

亜利沙が笑みを含んで言った。

その頬が上気しているのは、興奮もあるかも知れないが、ジョギングを終えてきたからだろう。タンクトップに短パン姿で、汗ばんだ額に前髪が貼り付き、まだ微かに息が弾んでいる。

「ノックしたけど返事がないので心配になって……。でも下半身丸出して寝ているなんて、オナニーしながら眠っちゃったの？」

「え、ええ……」

まだ半分寝ぼけた状態で、彼は要領を得ぬまま小さく頷《うなず》いた。

「すごく勃起したままで、あんまりツヤツヤして綺麗だったから味見しちゃったわ。でも誰にも内緒よ」

「こ、これは、夢……？」

「そうね、夢にしておいてもいいけど、これじゃ出さないと落ち着かないでしょう」

亜利沙が言う。

「どうする、最後までしてみる？」

「お、お願いします……」

言われて、京介は勃起状態を初めて女性に見られ、羞恥と興奮の中で答えていた。

「じゃ、その代わり、姉さんって呼びなさい」

亜利沙が顔を寄せ、切れ長の眼差《まなざ》しをキラキラさせながら言った。

彼女なりに、義弟という禁断の興奮を覚えているのかも知れない。

それより京介は、彼女から漂う濃厚に甘ったるい汗の匂いと、花粉のような刺激を含んだ吐息の匂いにゾクゾクと興奮を高めた。

「じゃ、僕のことも、京介って呼んで……」

「いいの？　嬉しい。どんなタイミングで呼び捨てにしようか考えていたのよ。じゃ京介、姉さんて呼んで」

「ね、姉さん……」

京介が、羞恥混じりの甘美な悦《よろこ》びに包まれながら言うと、亜利沙も嬉しげに笑みを洩らした。

「それで、京介はまだ童貞？」

訊《き》かれて、彼は小さくこっくりした。

やはり見た通り、シャイで消極的だからすぐ童貞と分かるのだろう。

その童貞が、まだキスも知らないのにいきなりペニスをしゃぶられたのである。

「いいわ。じゃ、してみたいことが山ほどあるでしょうから、好きにしていいわ。全部脱いで」

言われて京介は身を起こし、上半身も全て脱ぎ去って全裸になった。どうやらウトウトしながらの夢ではなく、これは現実らしい。

そして亜利沙もタンクトップを脱ぎかけながら、

「あ、走り込んで汗びっしょりだけど、急いで流してきた方がいい？」

ためらいがちに言うので、彼自身が興奮にピクンと跳ね上がった。

「そ、そのままでいいです」

「そう、私も火が点《つ》いちゃったから、汗臭くても構わないわね」

京介が答えると亜利沙は言いながらタンクトップと短パン、ソックスを脱ぎ去り、ためらいなく最後の一枚も下ろして、たちまち一糸まとわぬ姿になった。

この思い切りの良さもスポーツウーマンらしく、何やら競技を前にするような潔さが感じられた。

そして亜利沙も、充分に興奮を高めているのだろう。

逞《たくま》しい彼女だからこそ、今まで出会わなかったか弱い少年、しかも義弟という関係にときめきを覚えているのかも知れなかった。

彼が場所を空けると、亜利沙はベッドに横たわり、仰向けに身を投げ出した。

「ああ、男の子の匂い……」

彼女が言い、京介は長身で引き締まった義姉の肢体を見下ろした。

全身がジットリと汗ばみ、肩も腕も逞しい筋肉が窺《うかが》え、乳房は形良く張りがありそうだった。腹部は腹筋が段々になり、スラリとした脚も限りないバネが秘められているのだろう。

何も知らない自分から行動を起こすのは気が引けたが、好きにして良いと言って身を投げ出しているのだから、ここは勇気を出して味わうべきだった。

彼は屈み込み、ピンクの乳首にチュッと吸い付き、顔中で膨らみを味わった。

間近に迫る肌からは、生ぬるく甘ったるい汗の匂いが立ち昇り、たちまち彼の胸は義姉の匂いでいっぱいに満たされた。

もう片方の乳首を指で探りながら、舌を這わせると、次第に亜利沙の全身がうねうねと蠢《うごめ》き、治まったばかりの息遣いが再び荒くなっていった。

4

「アア……、いい気持ちよ。もっと色々してみて……」

亜利沙が身悶えながら喘ぎ、さらに濃い匂いを揺らめかせた。

京介は左右の乳首を交互に含んで舐め回し、匂いを求め、彼女の腕を差し上げて腋の下に迫った。

ジットリ湿ってスベスベの腋に鼻を埋め込んで嗅ぐと、今までで一番濃厚に甘ったるい汗の匂いがうっとりと胸を満たしてきた。

「あう、汗臭いのに……」

亜利沙がくすぐったそうにクネクネと身をよじって言い、彼は存分に嗅いでから舌を這わせた。

そして滑らかな肌を舐め降り、腹筋の浮かぶ腹に舌を這わせると、淡い汗の味が感じられた。形良い臍《へそ》を舌先で探り、ピンと張り詰めた下腹に顔を埋めて硬いほどの弾力を味わった。

微かに腹の音が聞こえるのは、まだ朝食前だからか。とにかく均整の取れた美女でもマネキンではなく、ちゃんと内臓が躍動する、生きた人間だと分かった。

しかし京介は股間を迂回し、腰から脚を舐め降りていった。

せっかく好きにさせてくれるなら、性急に股間に向かわず、全身を隅々まで味わってみたかったのだ。

引き締まった脚を舐め降り、足首まで行くと足裏に回り込んだ。

平均台に食いつき、床を踏みしめる足裏は大きめで逞しく、指も太めでしっかりしていた。

彼は踵《かかと》から土踏まずに舌を這わせ、揃った足指の間に鼻を押し付けて嗅いだ。

指の股も汗と脂《あぶら》にジットリ湿り、ムレムレの匂いが濃厚に沁み付いて鼻腔が刺激された。

京介は充分に嗅いでから爪先にしゃぶり付き、指の股に順々にヌルッと舌を割り込ませて味わった。

「あう、汚いわよ、そんなところ舐めたら……」

亜利沙は息を弾ませながら姉のように窘《たしな》めたが、拒むことはしなかった。

彼は義姉の両足とも全ての指の間をしゃぶり、味と匂いを貪《むさぼ》り尽くした。

そしてようやく顔を上げ、

「ね、うつ伏せになって」

彼が言うと、亜利沙も素直に寝返りを打ってくれた。

うつ伏せになると、京介は彼女の踵からアキレス腱、脹《ふく》ら脛《はぎ》からヒカガミを舐め上げ、太腿《ふともも》から尻の丸みをたどっていった。

もちろん尻の谷間は後回しで、彼は腰から滑らかな背中を舐め上げた。

やはり肌は汗の味がし、肩まで行って髪に鼻を埋めると汗とリンスの混じった匂いが感じられた。

鼻で髪を掻き分け、耳の裏側を嗅ぐと蒸れた匂いがし、そこも舐め回してから彼は背中を再び這い下りた。

「く……」

背中は感じるらしく、亜利沙は顔を伏せて呻いた。

京介は尻に戻ると、うつ伏せのまま股を開かせ、屈み込んでいった。

指でムッチリと弾力ある尻の谷間を広げると、ピンクの蕾《つぼみ》は年中力んでいるせいかレモンの先のように僅かに突き出た感じで、実に艶《なま》めかしかった。

（これが、美女のお尻の穴……）

京介は感動と興奮に目を凝らし、鼻を埋め込んでいった。

すると顔中に張りのある双丘が密着し、蕾に籠もる蒸れた匂いが鼻腔を掻き回してきた。

舌を這わせ、息づく襞《ひだ》を濡らしてからヌルッと潜り込ませると、

「あう、嘘……」

亜利沙が呻き、キュッときつく肛門で舌先を締め付けてきた。今まで彼女が経験した男は、ここを舐めないような奴らだったのかも知れない。

京介は舌を蠢かせ、滑らかな粘膜を探った。うっすらと甘苦い味が感じられ、舌を出し入れするように動かすと、

「も、もうダメ、変な感じ……」

亜利沙が言って、尻を庇《かば》うように再び寝返りを打ってきた。

彼も舌を引き離し、亜利沙の片方の脚をくぐると、彼女も仰向けに戻った。

白くスベスベの内腿を舐め上げ、やがて京介は股間に迫っていった。

とうとう、女性の神秘の部分に辿り着いたのである。

目を凝らすと、股間の丘にはふんわりと柔らかそうな恥毛が煙っていた。茂る範囲が狭いのは、レオタードを着ることもあるので左右を処理しているのだろう。

縦長の割れ目からは、僅かにピンクの花びらがはみ出し、京介はドキドキしながらそっと指を当てて陰唇を左右に広げると、微かにクチュッと湿った音がして、中身が丸見えになった。

柔肉も綺麗なピンクで、汗とは違う潤いに全体がヌラヌラと光沢を放っていた。

膣口《ちつこう》は襞を花弁状に入り組ませて息づき、ポツンとした小さな尿道口らしきものもはっきり確認できた。

そして包皮を押し上げるように、ツンと突き立っているクリトリスは、何と親指の先ほどもある大きなものだったのである。

今まで彼もネットの裏画像などで多くの女性器を見てきたが、こんなに大きなクリトリスは初めてで、やはりどんな美女でも脱がせてみないと隅々のことは分からないのだと思った。

どうやら、この大きなクリトリスが亜利沙のパワーの源なのかも知れない。

彼は艶めかしい眺めを瞼《まぶた》に焼き付け、吸い寄せられるように顔を埋め込んだ。

柔らかな恥毛に鼻を擦りつけて嗅ぐと、やはり濃厚に甘ったるい汗の匂いが鼻腔を搔き回し、それに昨夜、彼女の下着を嗅いで覚えたオシッコの成分とチーズ臭も混じって胸に沁み込んできた。

「あう、ダメ、そんなに嗅がないで……」

あまりに彼が犬のようにクンクン鼻を鳴らしていたからか、亜利沙が言ったが、逆に拒まず内腿でキュッと彼の両頰を挟み付けてきた。

京介は彼女の腰を抱え、濃い匂いに噎せ返りながら舌を挿《さ》し入れていった。ヌメリは淡い酸味を含み、舌先で膣口の襞をクチュクチュ搔き回すと、すぐにも新たな愛液が溢れ、舌の動きがヌラヌラと滑らかになった。

そして柔肉をたどり、潤いを舐め取りながら大きめのクリトリスまでゆっくりと到達すると、

「アアッ……、い、いい気持ち……！」

亜利沙がビクッと顔を仰け反らせて喘ぎ、挟み付ける内腿に力を込めた。

やはりクリトリスが最も感じるようだ。京介は自分の未熟な愛撫で、お姉さんが感じてくれるのが嬉しく、執拗に舐め回した。

舌先を上下左右に蠢かせては、溢れる愛液をすすると、彼女の引き締まった下腹が

ヒクヒクと波打った。

「も、もういいわ。今度は私が……」

たちまち昇り詰めそうになり、まだ勿体ないと思ったのか亜利沙が言って身を起こしてきた。

彼も股間から這い出し、入れ替わりに仰向けになっていった。

すると亜利沙は彼を大股開きにさせ、真ん中に腹這い顔を寄せてきた。

そして彼の両脚を浮かせると、自分がされたように尻の谷間を舐め回しはじめたのだ。熱い鼻息が陰嚢《いんのう》をくすぐり、舌先がヌルッと潜り込むと、

「あう……」

京介は妖《あや》しい快感に呻き、思わずキュッと義姉の舌先を肛門で締め付けた。中で舌が蠢くと、まるで内側から刺激されるように、勃起したペニスがヒクヒクと上下して粘液が滲《にじ》んだ。

亜利沙も厭《いと》わず中で舌を動かしてから、ようやく脚を下ろし、鼻先にある陰嚢にしゃぶり付いてきた。

「ああ……」

ここも未知の感覚で、新鮮な快感があった。男も、感じるのはペニスだけではない

のだろう。

亜利沙は股間に熱い息を籠もらせながら二つの睾丸《こうがん》を舌で転がし、袋全体を生温かな唾液にまみれさせてくれた。

そして彼女は前進し、いよいよ肉棒の裏側を舐め上げてきた。

滑らかな舌が先端まで来ると、粘液の滲む尿道口をチロチロと舐め回し、丸く開いた口でスッポリと喉の奥まで呑み込んでいった。

「アア……」

京介は激しい快感に喘ぎ、懸命に暴発を堪えた。さっきは夢うつつだったが、今ははっきり美女の口に含まれているのを実感した。

「ンン……」

亜利沙は深々と含むと小さく鼻を鳴らし、幹を締め付けて吸った。熱い鼻息が恥毛をそよがせ、口の中ではクチュクチュと満遍《まんべん》なく舌がからまり、たちまち彼自身は義姉の温かな唾液にまみれて震えた。

さらに彼女が顔を上下させ、濡れた口でスポスポとリズミカルな摩擦を繰り返しはじめると、

「い、いきそう……」

限界を迫らせ、彼が警告を発するように口走った。

すると彼女がスポンと口を離し、淫らに唾液が糸を引いた。

「入れていい？　ピル飲んでるから中出しして大丈夫よ。私、上が好きなの」

亜利沙が言うなり、彼の返事も待たず、前進して股間に跨《また》がってきた。

そして幹に指を添えると、先端に濡れた割れ目を押し当て、童貞の感触を味わうようにゆっくり腰を沈めてきたのだった。

5

「アアッ……、いいわ、奥まで感じる……」

ヌルヌルッと滑らかに根元まで受け入れると、亜利沙が顔を仰け反らせて喘ぎ、ピッタリと股間を密着させて座り込んだ。

京介も挿入時の肉襞の摩擦だけで危うく射精しそうになってしまったが、何とか耐えることが出来た。

幸い彼女もまだ動かず、僅かにキュッキュッと味わうような収縮をするだけだ。

コンドームは付けていないが、漏《も》らしても膣内のザーメンを吸収し、何度も出来るかも知れない。

それでも、何しろ未知の体験だから用心に越したことはない。

それにしても、女体と一つになるというのは、何という素晴らしい快感であろう。

京介は、初体験の感激と快感に胸がいっぱいになった。しかも相手はとびきりの美女で、姉になったばかりの人なのである。

やがて亜利沙は身を重ね、彼の肩に腕を回し、肌の前面を密着させてきた。

乳房が押し潰れて弾み、恥毛が擦れ合い、コリコリする恥骨の膨らみも艶めかしく伝わってきた。

そして亜利沙が顔を寄せ、上からピッタリと唇を重ねてきたのである。

互いの股間を舐め合った最後の最後に、彼はようやくファーストキスを体験できたのだった。

亜利沙の唇の、柔らかな弾力と唾液の湿り気が伝わり、熱い息に鼻腔が湿り、京介は初キスの感激に包まれた。

すると亜利沙の舌がヌルッと潜り込んできたので、彼も下から両手を回してしがみつき、歯を開いて舌を触れ合わせた。

彼女の舌がチロチロと蠢き、彼も絡めながら生温かな唾液のヌメリと滑らかな舌の感触に酔いしれた。

堪《たま》らず、彼が無意識にズンズンと股間を突き上げると、

「アアッ……！」

亜利沙が口を離し、淫らに唾液の糸を引きながら熱く喘いだ。

「膝を立てて。激しく動いて抜けるといけないから……」

彼女が言い、京介も両膝を立てて彼女の尻を支えた。

亜利沙も突き上げに合わせ、徐々に腰を遣いはじめると、次第に互いの動きがリズミカルに一致し、滑らかに律動できるようになっていった。

大量に溢れる愛液がトロトロと陰嚢の脇を伝い流れ、彼の肛門の方まで温かく濡らしてきた。

いったん動きはじめると、あまりの快感に腰が止まらなくなり、ぎこちなかった突き上げもいつしか股間をぶつけるように激しいものになっていった。

しかも間近に迫る亜利沙の口から、熱く湿り気ある息が惜しみなく顔中に吐きかけられるのだ。

女性の息を、こんなに間近で何度も嗅ぐのは生まれて初めてである。

亜利沙の吐息は花粉のように甘い刺激を含み、しかもジョギングのあとの喘ぎ続き

で口内が乾き気味になり、まるで寝起きのように匂いが濃厚になって鼻腔が掻き回された。

しかもリズミカルな肉襞の摩擦と締め付け、大量の潤いと温《ぬく》もりに包まれ、もう彼は、ひとたまりもなく絶頂に達してしまった。

「い、いく……！」

快感に口走り、熱い大量のザーメンを勢いよくドクンドクンとほとばしらせた。

「あう、熱いわ、いく……、アアーッ……！」

奥に噴出を感じた途端、彼女もオルガスムスのスイッチが入ったように声を上げ、ガクガクと狂おしい痙攣《けいれん》を開始したのだった。

最高潮になった収縮に、まるで彼は身体ごと吸い込まれそうだった。

やがて心ゆくまで快感を嚙《か》み締め、最後の一滴まで出し尽くしていくと、

「ああ……」

京介は満足げに声を洩らし、動きを止めてグッタリと身を投げ出した。

そして亜利沙のかぐわしい吐息を間近に嗅ぎながら、うっとりと余韻に浸り込んでいった。

亜利沙も動きを止めて力を抜き、遠慮なくもたれかかってきたが、まだ膣内はキュ

ッキュッと名残惜しげな収縮を繰り返し、刺激された幹が内部でヒクヒクと過敏に跳ね上がった。

彼が味わっていると、急に例の現象が起きた。

そう、膣内に放ったザーメンを、尿道口が吸い込みはじめたのだ。これは、コンドームに出したものを吸い込むのと似た感覚だが、違いが一つだけあった。

それは、自分のザーメンと一緒に、彼女の体液まで吸い込んだことである。

（え……？　こ、これは……）

京介は初めての感覚に戸惑った。亜利沙の愛液を吸い込むと同時に、彼女の心の思いまで彼の胸に流れ込んできたのである。

『ああ、せっかく出来た弟と、我慢できずエッチしちゃったわ。でも、何て気持ちいいの。こんなに感じたの初めて……』

亜利沙の想念が入り込み、京介は限りない悦びに満たされた。

彼女は少しも後悔していないし、他の男より良かったと、本心から思ってくれているのである。

（こ、こんな力が……）

京介は新たな能力に目覚め、吸入と共に絶大な淫気を甦らせた。

亜利沙の心の中の呟《つぶや》きはまだ続いている。

『それにしても、京介は何て可愛い。食べちゃいたいほど……』

彼女の心の声に、彼は再びズンズンと股間を突き上げはじめた。

もっとも、亜利沙が京介に抱く感情は恋愛ではなく、ペットに対する気持ちに似たようなものかも知れない。

それでも彼は嬉しく、次第に動きを強めていった。

「あう、抜かずの二発をする気？　もう私は充分だわ。またしたら感じすぎて、この後、車の運転ができなくなっちゃうから、お口で我慢してくれる？　本当は飲むの好きじゃないけど京介のなら構わないわ……」

亜利沙が言い、それ以上の快感を恐れるように身を起こし、そろそろと股間を引き離してしまった。

そして彼女は、枕元のティッシュを手にして割れ目を拭《ぬぐ》った。もうほとんど中にザーメンは残っていないのだが、亜利沙は気づかないように処理を終えて、丸めたティッシュをクズ籠《かご》に投げ入れると、また彼の股間に顔を寄せてきた。

「いったばかりなのに、こんなにピンピンに……。運動は苦手そうなのに、ここだけは立派なのね……」

亜利沙は感心したように言い、自分の愛液とザーメンにまみれているのも厭わず、チロチロと先端に舌を這わせ、スッポリと呑み込んでいった。

「ああ……」

京介は快感に喘ぎ、力を抜いて義姉の愛撫に身を委《ゆだ》ねた。

亜利沙も最初から顔をリズミカルに上下させ、濡れた口でスポスポと強烈な摩擦を開始してくれた。

しかも舌が蠢き、時にチュッと吸引されると、急激に彼は二度目の絶頂を迫らせていった。

「い、いきそう……」

彼も股間を突き上げながら口走った。飲んでくれるというのだから我慢することはないのだが、姉の口を汚すのがどうにもためらわれる。

しかし亜利沙は動きと吸引を強め、チュポッチュポッとお行儀悪く音を立てて貪り続けた。

「いく……、気持ちいい……、アアッ……！」

たちまち京介は身を反らせて喘ぎ、ガクガクと腰を跳ね上げた。同時に、ありったけの熱いザーメンがドクンドクンと勢いよくほとばしった。

「ク……、ンン……」

喉の奥を直撃された亜利沙が小さく呻き、それでも摩擦と吸引、舌の蠢きを続行してくれた。

一つになって射精し、ともに快感を分かち合うのも良いが、美女の清潔な口を汚すというのも絶大な禁断の快感があった。

しかも射精と同時にチューッと吸引されたので、彼は魂《たましい》まで吸い取られるような快感に身悶えた。

正にバキュームフェラで、忍法・馬吸夢を彼女の口が行っているようだ。

やがて心置きなく最後の一滴まで出し尽くすと、彼は満足しながらグッタリと身を投げ出した。

亜利沙も動きを止め、亀頭を含んだまま口に溜まったザーメンをゴクリと一息に飲み干してくれたのだった。

「あう」

喉が鳴ると同時に口腔がキュッと締まり、彼は駄目押しの快感に呻いた。

飲み込まれた以上、もうザーメンは吸引できない。

ようやく亜利沙も口を離し、顔を上げてヌラリと舌なめずりした。

「立て続けの二回目なのに、どうしてこんなに出るの。そんなに溜まってたのね」

彼女が言い、それでも心の中を読むと、

『不思議だわ。弟のものだと思うと、飲んでも全然気持ち悪くない……』

少しも不快でないようなので、京介も安心したものだった。

「じゃ、私はシャワー浴びてくるわね」

やがて亜利沙が言い、汗ばんだタンクトップなどを抱え、全裸のまま部屋を出て行った。

距離があくと、もう彼女の心の中は読めなくなっていた。

京介は階段を下りる彼女の足音を聞き、しばし荒い息遣いと動悸を感じながら、うっとりと余韻を味わったのだった。

第二章　可憐少女の熱き蜜

1

「じゃ行ってくるわね。絶対にママには内緒よ」

シャワーとブランチを終えた亜利沙が言い、京介も頷いて見送った。

彼女は車で大学へ行き、京介は自室に戻った。

(心まで読めるなんて、どうして僕にそんな能力が……)

京介はまだ戸惑いながら思ったが、それ以上に初体験を済ませた感激がいつまでも胸に残っていた。

本当は、家で自分一人になったら、美紀子や亜利沙の部屋の枕でも嗅いでオナニーしようと思っていたのだが、こんなにすごい経験をしたなら、もうオナニーなどしなくてもよいだろう。また、今後も亜利沙はさせてくれるのではないか。

そして亜利沙が出かけてしまうと、もう彼女の心は読めなくなっていた。

それは下着の匂いなどを嗅いでも同様で、やはり肌を接したときだけ、しかも愛液を吸収すると最も強く相手の思いが伝わるようだった。

やはり女性の愛液は、最も多くの情報が入っている神秘の液体なのだろう。

結局オナニーで抜くのが勿体《もったい》なくなったので、彼は大人しく受験勉強に専念することにした。

美紀子が用意してくれていたパスタで昼食を済ませ、午後も熱烈に英文の問題集に向かった。

夕方、先に美紀子が帰宅し、夕食の仕度をしているときに亜利沙も戻ってきた。

やがて京介は母娘と三人で夕食を囲み、美紀子の手料理も徐々に落ち着いて味わえるようになってきた。

女性との食事に慣れ、緊張が解けてきたというより、亜利沙によって女体を知り、少しずつ自信が付いてきたのかも知れない。

夕食を終えると彼は入浴して歯磨きし、自室に戻った。

あとは寝るまで勉強しようと思ったが、英文を見ればすぐ眠くなることだろう。

すると、そこへ亜利沙がノックして入ってきたのだ。Tシャツに短パン姿で、ニョッキリとした健康的なナマ脚が艶めかしい。

「勉強の邪魔かしら。少しだけ付き合って欲しいのだけど」

彼女は言い、手に二つの氷入りのグラスと、ウイスキーの瓶を持っていた。

「これ、こっそり持ってきたのよ。今ママが入浴中だから。まだ未成年だけど、少しぐらい飲めるでしょう？」

「いえ、あんまり飲んだことないので」

「じゃ薄目のコークハイならいいでしょう」

亜利沙は言って机にグラスと瓶を置き、準備よくポケットから缶コーラも出した。

そして広げてある英文の問題集を彼の肩越しに覗き込んできた。

「ふうん、受験英語はもう分からないな。私もあまり英語は得意じゃないから」

彼女が言うと、甘ったるい汗の匂いと、夕食の名残でオニオン臭の混じる熱い吐息が感じられ、たちまち京介の股間が疼いてしまった。

亜利沙の入浴は寝しなのようだ。

美紀子も、戸締まりと片付けが終われば自室に引き上げ、賃貸マンション時代から夕食後は互いに干渉し合わない習慣らしい。

「そうだ。英語が得意な後輩がサークルに入ってきたから、ここへ家庭教師に来るように言っておきましょうか」

亜利沙が氷入りグラスにウイスキーを注ぎながら言った。

「い、いいですよ、そんなこと……」

「確か京介と同じ高校だって言っていたわ。吉村真奈《よしむらまな》という子、知ってる？」

「え……？　知ってるも何も……」

その名を言われ、彼は目を丸くした。

高校時代、京介が熱烈に片思いをしていた子ではないか。

同じ文芸部で、とうとう卒業まで告白も出来なかったのだ。

真奈は現役で合格したと噂に聞いていたが、まさか父や亜利沙のいる大学とは思わなかった。

セミロングの髪に可憐な笑窪《えくぼ》、メガネを掛けた図書委員で文芸部の部長だった真奈の面影が、はっきりと京介の脳裏に浮かんだ。もっとも、まだ卒業式から三ヶ月しか経っていない。

「そう、知ってるなら来るように言うわ。どうも真奈は、高校時代に京介のことが好きだったみたいだし、ママが伊原先生と結婚して、私が京介の姉になったことにものすごく驚いていたから」

「え……」

京介は戸惑いに混乱してきた。

真奈が自分を好きだったなんて、夢にも思わなかったことだ。ならば卒業のときに告白しても良かったのではないか。しかし、自分は現役で合格できなかったから、どちらにしろ気が引けていたことだろう。

やがて亜利沙はウイスキーをロックでちびちびと舐めながら、ベッドに腰を下ろした。京介も缶コーラをグラスに注ぎ、少しだけウイスキーを垂らすと椅子を回して彼女に向かい合った。

「まあ、真奈の話は後回しにしましょう。それより飲みながらジックリお話ししたかったの」

亜利沙が言う。どうやらエッチしたいわけではなく、本当に話をしに来たらしい。

彼も一口飲んだが、ほのかな洋酒の香りも嫌ではなかった。

「お互いの死んだ親のこと、知っておいた方がいいと思って」

「そう、でも僕は二歳ぐらいで母が死んだからあまり覚えていないし、父からもろくに母の話を聞いたことがないので」

「そうなの。私は伊原先生から少し聞いているわ。サークルの打ち上げで飲んだとき私が、先生の亡くなった奥様はどんな人でしたって訊いたの。周りのメンバーはみんな勝手にお喋りしてて、私と先生の話を聞いていた人は他にいないわ」

「それで、父は母のことを何て……？」

「奥様は、ものすごいパワーを持ったテレパスだったって」

「テ、テレパス……」

それを聞き、京介は驚きに硬直した。今日はよく驚く日である。

「そう、人の心が読める超能力者よ。先生も、お酒が入って口が軽くなっていたのでしょう。いろいろ聞いたわ」

亜利沙が、京一郎から聞いた情報を話しはじめた。

京一郎が大学院生だった頃、母親は同じ心理学科の学生として入ってきた。

勉強家で気が利き、何でも察して実に優秀な女学生だったらしい。

そして惹《ひ》かれた京一郎は思わず手を出したものの、さらに彼女の勘が良くなったという。

とても浮気など出来る雰囲気ではなかったらしい。京一郎がつい他の女性に気が向いたりすると、彼女は悉《ことごと》く察してしまうからだ。

京一郎は彼女に、心理学者になるより占い師にでもなったら儲かるのではとすすめたらしい。

しかし彼女は学者にも占い師にもならず、京一郎と結婚。当時は京一郎の両親もいたが、彼女は舅《しゅうと》や姑《しゅうとめ》とも仲良く、二人も実に良い嫁が来たと大喜びだったらしい。

恐らく彼女は肌を重ねた相手ばかりでなく、同居しているうち京一郎の両親の心も読めるようになり、それでそつない嫁として大層大事にされたようだ。

しかし京介が生まれて間もなく血液の癌《がん》が見つかり、早い進行で呆気なく他界してしまった。

「やがて伊原先生はママと知り合い、もう奥様の十七回忌も終えたから再婚を決意したようなの。奥様も安らかに眠っていると確信できたか、あるいは伊原先生も十七年経って、言葉は悪いけど奥様の超能力の呪縛から解き放たれたんじゃないかしら」

亜利沙が言う。

まあ京一郎は真面目一徹の学者肌だから、心を読まれる恐れ以前に、そうそう浮気などするタイプではなかっただろう。

「それで、テレパスの一人息子の京介はどうなの？　人の心が読めたりする？」

亜利沙が、身を乗り出して訊いてきた。

しかし京介も、今までコンドームに放ったザーメンを吸い込んで、何度でもイケるという取り柄しか知らず、人の心が読めるなどという能力は、今日の昼前に亜利沙と交わって初めて発見したことなのである。

もちろん、そのことは亜利沙に言わない方が良いだろう。

「僕は、全く平凡で何の取り柄もない男だよ……」

「そう、少し安心したわ。やっぱり心を読まれるのは気持ち良くないから。でも、心が読めなくてもこれだけは信じて。私は京介みたいな可愛い弟が出来たことを、心の底から喜んでいるから」

「うん、信じる。それより、姉さんの亡くなった父親というのは、どういう人？」

京介は混乱したまま、コークハイで喉を潤して話題を転じた。

すると亜利沙もロックを飲み干し、新たなウイスキーを注ぎながら答えた。

「あの男は、人間のクズよ」

「え……」

「酒は全く飲めない下戸《げこ》だったけど、浮気性でＤＶ男だったわ。もっとも本気になれば私の方が強いから、もっぱらママばっかり叩かれていた」

「そ、そうなの……」

京介は、意外な話に耳を傾けた。

亜利沙の父親、美紀子の夫は食品会社の平社員で、仕事で料理教室に出入りしているうち知り合ったらしい。

結婚し、亜利沙が生まれたが、下戸のくせに夕食後には、必ず原付を飛ばして町のナイトクラブへ行き、馴染《なじ》みのホステスに貢いでいたらしい。

「飲めない客でも歓迎されるんだね」

「それは、その分ホステスが飲むし、安月給のくせに金払いもいいからすっかり常連になっていたみたい。でも外面《そとづら》はいいけど、家では横暴で、ママはストレスから不眠症になって、睡眠薬を処方されていたぐらいよ」

亜利沙が言う。しかし、ある夜に彼は原付の操作を誤り、カーブを曲がりきれずに激突死したということだった。

2

「生命保険金で借金も返せたし、私も大学に行けたわ。死んだことが、あの男がした唯一の良いこと。今は、伊原先生という優しくて頭の良い人がパパになって、私は嬉しいしママもすごく幸せそうだわ」

亜利沙が、またグラスを飲み干して言った。

確かに、美紀子は血色も良く豊満なので、もうすっかり睡眠薬などとは縁を切っているようだった。

やがて互いの亡き親たちの話を終えると、もちろん京介は急激に淫気を催《もよお》してしまった。むしろ話が終わるのを待ち望んでいたぐらいである。

「ね、勃《た》ってきちゃった……」

甘えるように言い、テントを張った股間を突き出すと、

「まあ、今夜はダメよ。そろそろママが向かいの部屋に上がってくるし、私の声が大きいのは知っているでしょう」

亜利沙が答え、それでもグラスを机に置くと、ベッドに横たわった。

京介もジャージ姿のまま添い寝し、腕枕してもらうと、彼女も優しく抱き寄せてくれた。

Tシャツの腋の下に鼻を埋めると、そこは生ぬるく湿り、甘ったるい汗の匂いが濃厚に沁み付いていた。彼は痛いほど股間が突っ張ったので、ジャージのズボンを下着

ごと下ろして下半身を丸出しにした。

「真奈にしてあげるといいわ。あの子はまだ完全に処女だけど、もう京介も覚えたから上手くリードできるでしょう。真奈は初体験したくて仕様がない好奇心いっぱいの時期だろうし、京介のことを好きだったようだから」

亜利沙が、彼の露出したペニスにチラと目を遣《や》りながら言った。どうやらセックスは無理でも、指か口でしてくれそうである。

「え？　僕が真奈としても、嫉妬したりしないの……？」

「あのね、私たちはいくら愛し合っても姉弟なのだから結婚できないのよ。それより私で覚えたことを真奈にぶつけなさい。あの子が京介のお嫁さんに来たら、可愛い妹が出来て私も嬉しいわ」

「そんな、先のこと……」

京介は答えたが、そんな未来も悪くないと思った。

「姉さんは、どんな男と付き合っていたの？」

「高校時代と、大学に入ってからの二人、どっちも自然消滅だわ」

「やっぱり、スポーツマンが好き？」

「ううん、強い男はいっぱい見てきたけど、どうにも恋愛するより技を競い合いたくなるから、私は京介みたいな真面目で大人しい男が好き」

　亜利沙が答える。

　こうして密着していると、すでに一度、彼女の愛液を京介の体内に取り込んだせいか、少しずつ心根が読めるようになってきた。

　高校時代の男はメガネのガリ勉タイプ、大学に入ってからは児童心理学サークルの先輩で、すでに今春卒業して疎遠になったらしい。どちらも真面目そうだが、それでも京介のように肛門や爪先を舐めないダメ男だったようだ。

「真奈にはピルを分けているので、中出ししても大丈夫よ」

　亜利沙が、腕枕したまま手を伸ばし、ピンピンに突き立っているペニスを指先で軽く弾《はじ》いた。

「あう……、僕も姉さんのアソコ見たい……」

「見たら、入れたくなるでしょう。今夜はダメ」

　せがむと、亜利沙が言った。確かに、美紀子も二階に上がってきて、向かいの自室に入った物音がした。

「見るだけにするから」

「じゃ、少しだけよ」

言うと亜利沙も答え、腕枕を解くと僅かに腰を浮かせ、ショーツごと短パンを脱ぎ去ってくれた。

京介は身を起こし、彼女の下半身に移動した。

もちろん真っ先に亜利沙の爪先に鼻を割り込ませ、ムレムレの匂いを貪ってからしゃぶり付き、汗と脂に湿った指の股を味わった。

「く……、見るだけと言ったでしょう……」

亜利沙が息を詰めて言う。自分の淫気に火が点くのを恐れるように、じっと身を硬くしていた。

京介は両足とも味と匂いをしゃぶり尽くし、脚の内側を舐め上げて股間に顔を迫らせていった。

大股開きにさせ、ムッチリと張りのある内腿を舌でたどると、股間に籠もる熱気と湿り気が彼の顔中を包み込んできた。

すると、亜利沙もジワジワと興奮を高めたように、自ら両手を股間に這わせ、両の人差し指でグイッと陰唇を広げてくれた。

「いい？　見るだけよ」

亜利沙が言い、彼は濡れはじめて息づく膣口と大きなクリトリスに目を凝らした。

「私のクリ、大きいでしょう」

「他の人を知らないので……」

「そう、生まれたときは男の子と間違われたぐらいよ」

亜利沙が囁き、股間に彼の熱い視線と息を感じるだけで膣口がキュッキュッと収縮して新たなヌメリが湧き出した。

彼は茂みに鼻を埋め込み、蒸れた汗とオシッコの匂いでうっとりと胸を満たした。

そして舌を挿し入れ、ヌメリを掻き回してから突き立ったクリトリスまで舐め上げていくと、改めて愛液を吸収したせいか、さらに亜利沙の強い想念が彼の頭に流れ込んできた。

『ああ、ダメ、ママに聞こえちゃうから……』

亜利沙は懸命に堪えながら、内腿でキュッときつく京介の顔を挟み付けた。

「も、もう本当に無理よ、離れて……」

彼女は快感を振り切るように言い、京介の顔を股間から突き放した。

彼は亜利沙の両脚を浮かせ、今度は尻の谷間に迫った。

レモンの先のように僅かに突き出た蕾に鼻を埋め、蒸れた匂いを貪ってから舌を這わせ、ヌルッと潜り込ませると、

「く……！」

亜利沙が手で口を押さえて呻き、モグモグと肛門で彼の舌先を締め付けた。

京介も舌を蠢かせ、ヌルッとして甘苦い粘膜を探り、やがて口を離して脚を下ろしてやった。

もう義姉の爪先と股間の前後を味わったから、これで今夜は挿入しなくても我慢できそうである。

再び添い寝して腕枕してもらうと、亜利沙の呼吸が熱く弾んでいた。

僅かに開いた口に鼻を押し付けて嗅ぐと、唇で乾いた唾液の匂いと、亜利沙本来の花粉臭の息、それにほのかなオニオン臭と洋酒の香気が混じり、悩ましく鼻腔を刺激してきた。

「ああ、いい匂い。姉さんの息をずっと嗅いでいたい」

京介はうっとり酔いしれながら言い、彼女の手を取り強ばりに導いた。

亜利沙も幹を手のひらに包み込み、ニギニギと動かしながら、やがてピッタリと唇を重ねて舌をからめてくれた。

生温かな唾液に濡れた舌がチロチロと滑らかに蠢き、彼は義姉の息で鼻腔を湿らせながらヌメリをすすった。

その間も指の愛撫が続き、ジワジワと絶頂が迫ってきた。

「い、いきそう……」

「いいわ、お口に出しなさい」

彼が降参するように身を強ばらせて言うと、亜利沙もすぐに身を起こして答え、顔をペニスに迫らせてきた。

そして粘液の滲む尿道口を舐め回してから、スッポリと喉の奥まで呑み込み、手のひらは陰嚢を包み込んで付け根を優しく揉んでくれた。

熱い息が股間に籠もり、亜利沙は幹を締め付けて吸い、口の中ではクチュクチュと舌がからみついた。

「ああ、気持ちいい……」

京介は快感に喘ぎ、ズンズンと股間を突き上げると、亜利沙も顔を上下させスポスポとリズミカルな摩擦を繰り返してくれた。

「い、いく……、アアッ……！」

美紀子に聞こえないよう喘ぎ声を押さえながら、彼は絶頂の快感に喘いだ。

同時に、熱い大量のザーメンがドクンドクンと勢いよくほとばしり、義姉の喉の奥を直撃した。

「ンン……」

亜利沙は小さく呻きながら頬をすぼめ、チューッと吸い出してくれた。

バキュームフェラに身悶え、京介は心置きなく最後の一滴まで出し尽くしていった。

「ああ……」

満足しながら喘ぎ、グッタリと身を投げ出すと、亜利沙も動きを止め、ゴクリと一息に飲み干してくれた。キュッと締まる口腔に駄目押しの快感を得ると、ようやく彼女もスポンと口を離し、幹をしごきながら尿道口に脹らむ余りの雫《しずく》まで丁寧に舐め取ってくれた。

「も、もういいです、有難《ありがと》う……」

京介は過敏に幹を震わせながら言うと、亜利沙も舌を引っ込めてベッドを降りた。

そして下着と短パンを穿くと、空のグラスとウイスキーの瓶を持ち、

「じゃゆっくり寝なさい。おやすみ」

彼に言い、静かに部屋を出て行った。

階下へ行ったので、そのまま入浴だろう。

京介は余韻に浸り、呼吸を整えながらノロノロと起き上がった。

今までのオナニーはコンドームに放って何度も吸い込めたが、口内発射は飲み込ま

れたらそれきりで、かえって一度きりの快感を心ゆくまで味わうことが出来た。

京介は、机に置かれた缶コーラの余りを飲み干したが、それはすっかり気が抜けてしまっていた。

3

翌朝、いつものようにジョギングを終えた亜利沙が戻ってくると、三人で朝食を済ませ、美紀子も亜利沙の車で出ていった。

京介は一人きりになり、とにかく受験勉強に取り組んだ。

それでも、亡き母がテレパスだったという話は衝撃だった。

昨夜は亜利沙への口内発射の余韻ですぐに眠り込んでしまったが、やはり覚めると気になってしまう。

京一郎が出張から帰ったら、良いおりに訊いてみようと思った。

そして午前中は何とか勉強に集中し、一人の昼食をはじめた頃にスマホが鳴り、亜利沙からＬＩＮＥが入った。

すでに彼女とは、ＬＩＮＥを遣り取りするようになっている。

『真奈は午後の講義がないというので、今そちらに向かっているわ』

（うわ……！）

そう書かれていたので、京介は慌てた。

とにかく、分かりましたと返信だけして余りの料理を掻っ込み、急いでシャワーを浴びて股間を洗い、歯磨きとトイレも済ませておいた。

高校は同じ学区内だから、真奈の家はここからバス停二つほどの距離である。

ここは大学へも便が良く、小一時間で着くことだろう。

真奈がどれぐらい前に大学を出たのか分からないが、京介は期待と緊張に胸を熱くさせながら、自室やトイレなどを点検しておいた。

もちろん高校時代、放課後の文芸部室で少し会話しただけで、家に来るなど初めてのことである。

ただ、真奈が来る理由は彼の英語の勉強を見てもらうためなのだ。

それでも、黙々と勉強など集中出来るはずがない。すでに期待に股間が突っ張っているのだ。

何しろ高校時代は、真奈の面影が、オナニー妄想の最多出場者だったのである。

しかも亜利沙の話では、真奈が京介を好きだったというではないか。

これは、今日が真奈の初体験の日になってもおかしくはないだろう。

京介は落ち着かず、二階の窓から門の方を窺ってみたり、座ってはまたすぐ立ち上がり、意味もなく家の中をウロウロしたりした。

以前は、無垢な美少女を相手に、ちゃんと出来るだろうかという不安もあったが、今は何しろ亜利沙の手ほどきで女体を知っているのだ。

やがてもう一回トイレに入ったりしているうち、とうとうチャイムが鳴った。

階下のリビングで待機していた京介は、慌てて立ち上がって玄関に向かい、ロックを外してドアを開けた。

果たして、可憐な真奈が、彼以上に緊張の面持ちで立っていた。

セミロングの黒髪に笑窪、青春アニメに出てくるようなメガネっ子だ。

彼女は清楚なブラウスにスカート姿で、高校時代の制服しか見ていない京介には新鮮に映った。

「い、いらっしゃい」

「こんにちは、お久しぶり、伊原君」

言うと、真奈もレンズ越しに彼を見つめて小さく答えた。

「仲良しになった亜利沙さんに言われて来てしまったけど、良かったかしら」

「うん、どうぞ中に」

京介が言うと、真奈も遠慮がちに入ってきたので、彼は閉めたドアを内側からロックした。密室になったのを気にするかも知れないが、二階へ行くのだから施錠するのは常識だろう。

真奈は靴を脱ぎ、揃えてやったスリッパを履いて上がり込んできた。

「コーヒーでも淹《い》れようか？」

「ううん、お茶のペットボトルを持ってるので」

「そう、じゃ上へ」

京介は先に階段を上がり、自室に真奈を招き入れた。彼はベッドの端に座り、真奈に学習机の椅子をすすめた。彼女は男子の部屋の中を物珍しげに見回してから、椅子に腰を下ろした。

亜利沙もそうだが、互いに一人っ子同士である。

「卒業以来だね。大学は楽しい？」

「ええ、サークルで知り合った先輩の亜利沙さんが、伊原君のお姉さんだって知ってすごく驚いたわ」

知ったときの興奮が甦ったように、真奈は頰を紅潮させて言った。

「うん、准教授の父が、亜利沙さんの母親と再婚したんだ。それより、来てくれて嬉しいよ。卒業までに、何度も何度も君に告白しようとしていたから」

京介は、自分でもそんな正直な言葉が出ることに驚いていた。やはり女体を知った自信なのかも知れない。

「言ってくれたら良かったのに……」

真奈がモジモジと答える。

どうやら、彼女が京介に好意を持っていたというのも本当らしく、彼の胸は甘美な悦びでいっぱいになった。やはり亜利沙との好奇心をぶつけ合う行為とは違う、長年の恋愛感情があるのは格別な気分だった。

「ううん、君は現役で受かったし、僕は浪人だから」

「そんなこと、気にしなくていいのに」

真奈が言い、問題集が広げられている机の上を振り返った。

「それより、亜利沙さんから英語の勉強を見るように言われて来たのだけど」

「ああ、今日はいいよ。勉強のことは姉が勝手に決めたことだし、一人の方が集中できるので、今日はお話ししよう」

「ええ、私も人に教えたことないから、その方がいいわ」

真奈が向き直って言う。そして二人はスマホを出し、ＬＩＮＥを交換しておいた。

彼女は早生まれのため、まだ三月で十八歳になったばかりの愛くるしい美少女である。しかし成績は優秀で読書家、気品と可憐さの両方を持っている、京介にはこれ以上ない魅力的な女の子だった。

そして彼女は無垢な処女で、自分はすでにリードできるほどの体験をしている。

ここは京介の方から積極的に誘うべきだろう。

あるいは、あっけらかんとした亜利沙のことだから、今日真奈と一緒に昼食しながら、念願の初体験をしろしろと言われて来たのではないだろうか。

「ね、こっちへ来て」

手を差し伸べると、真奈は驚いたようにビクリと身じろぎ、少しためらってから恐る恐る手を握ってきた。

柔らかな手を握って引くと、彼女も腰を浮かせて京介の隣に座ってきた。

（ああ、とうとう憧れの真奈が寄り添っている……）

京介は胸がいっぱいになり、股間も激しく突っ張っていた。

手は握ったまま、もう片方の手で真奈の肩を抱き、彼はそろそろと顔を迫らせていった。もうあまりの興奮に何も言葉は出ないし、つなぎ合った手から温もりと共に互いの恋心も伝わってくるようだ。

近々と顔を寄せると、真奈もレンズの奥の目をそっと閉じた。

京介は、間近に迫る美少女の顔を見つめながら唇を重ね合わせていった。

閉じられた睫毛《まつげ》がピクンと震えたが、真奈はじっとしたままだ。

押し付けると、美少女のぷっくりした唇からはグミ感覚の心地よい弾力と、ほのかな唾液の湿り気が伝わってきた。

これが真奈にとってのファーストキスであろう。彼も、初めてキスしたような感激に包まれた。まさか亜利沙とのように、全て舐め合った最後にキスするわけにもいかない。

真奈の鼻から洩れる息を嗅いだが、ほとんど無臭で、それでも熱く彼の鼻腔が湿り気を帯びた。間近に迫る頬は上気し、水蜜桃のような産毛《うぶげ》が震え、窓から射す陽に輝いていた。

舌を挿し入れ、滑らかな歯並びを左右にたどると、真奈も身を硬くしながら怖《お》ず怖《お》ずと歯を開き、侵入を許してくれた。

熱気の籠もる口内に舌を挿し入れると舌が触れ合い、絡み付けると次第に彼女の舌もチロチロと滑らかに蠢いた。

舌を舐め合ううち、次第に力が抜けてきたのか、真奈がグッタリとこちらに寄りかかってきた。

そのまま彼は真奈をベッドに横たえ、なおも上から唇を重ねながら舌をからめた。

そしてブラウスの胸の膨らみに手を這わせはじめると、

「アア……」

真奈が口を離し、熱く喘いだが拒む様子はない。

高校を無垢で卒業してしまったが、もう大学一年生なのだから、早く初体験したいという好奇心もあるのだろう。

喘ぐ口に鼻を寄せて熱い吐息を嗅ぐと、湿り気とともに甘酸っぱい芳香が鼻腔を刺激してきた。

まるで桃を食べたあとのようで、何ら人工物が混じらない、天然にブレンドされた美少女の息の匂いだ。真奈は、自分の匂いがどれほど男を酔わせるのか知らないように熱い呼吸を弾ませていた。

京介は暴発しそうなほど高まり、もう我慢できなくなっていた。

4

「ね、脱がせてもいい……？」

京介は囁きながら、返事も待たず真奈のブラウスのボタンを外していった。

「暗くして……」

彼女はか細く言い、指先を震わせながら、途中から自分で脱ぎはじめたので、京介は窓のカーテンを引き、自分もジャージ上下と下着を脱ぎ去ってしまった。

カーテンを閉めても、梅雨の晴れ間の陽射しが透け、観察に支障はない。

京介が先に全裸になると、真奈もモジモジとブラウスとスカートを脱ぎ、ソックスを脱いでからブラを外し、最後の一枚を下ろしていった。

服の内に籠もっていた熱気が解放され、亜利沙とは違う思春期の匂いが甘ったるく室内に立ち籠めた。

「あ、メガネだけは掛けたままでいて。いつも見ていた顔が好きなので」

彼が言うと、外そうとしていた真奈は再びメガネを掛け直した。

そして、一糸まとわぬ姿になった彼女は再びベッドに仰向けになった。

「わあ、綺麗だよ、すごく」

京介は真奈を見下ろして言った。

息づく乳房は形良く膨らみかけ、乳首と乳輪は初々《ういうい》しい桜色だ。京介と同じくスポーツは得意そうではなく、透けるように色白で均整が取れていた。

ぷっくりした股間の丘には、楚々とした若草が、ほんのひとつまみほど恥ずかしげに煙っている。しかし、そこを味わうのは最後の最後だ。

京介は屈み込み、チュッと真奈の乳首に吸い付き、舌で転がしながらもう片方の膨らみに指を這わせていった。

「あん……」

真奈が声を洩らし、ビクリと肌を震わせた。

感じるというより、まだくすぐったそうな感じである。

両の乳首を交互に含んで舐め回し、顔中を膨らみに押し付けると、まだ硬い張りが伝わってきた。

彼女は少しもじっとしていられないようにクネクネと身悶え、か細い喘ぎ混じりに熱い息遣いを繰り返していた。

京介は彼女の腕を差し上げ、スベスベの腋の下に鼻を埋め込んだ。

そこは生ぬるくジットリと湿り、甘ったるい汗の匂いが悩ましく沁み付いていて、鼻腔が掻き回された。

恐らく昨夜入浴したきりだろう。そして今朝大学に行って午前中の講義を終え、亜利沙と昼食しながらここへ来るよう言われ、恐らく食後のケアも出来ないまま来たようだった。

本当はシャワーと歯磨きをしたかっただろうが、何やらテンポよく互いに全裸になる展開となって、言い出す切っ掛けも摑《つか》めなかったに違いない。

やはり処女で、しかも真奈のような大人しいタイプは、エッチの前にシャワーを、などと積極的に言い出せなかったのだろう。

京介は美少女の腋の下の匂いを貪り、舌を這わせると、

「あう、ダメ、くすぐったい……」

真奈がビクリと反応して呻き、身をよじって彼の顔を腋から追い出した。

京介も脇腹を舐め降り、腹の真ん中に戻ると、愛らしい縦長の臍を探り、張り詰めた下腹に顔を埋めて弾力を味わった。

そして腰から脚を舐め降りていくと、もう真奈は何をされているかも分からないほど朦朧《もうろう》となり、ただ身を投げ出してヒクヒクと震え、熱い息遣いを繰り返すばかりに

なっていた。

　どこを舐めても、美少女の肌はスベスベで、実に心地よい舌触りだった。

　張りのある太腿を這い下り、丸い膝小僧を軽く噛み、滑らかな脛《すね》をたどって足首までいくと、もちろん彼は足裏に回り込んだ。

　逞しかった亜利沙より、ずっと小振りで柔らかな足裏に舌を這わせ、縮こまった指に鼻を押し付けて嗅ぐと、そこは汗と脂に湿り、ムレムレの匂いが濃く沁み付いて鼻腔が刺激された。

（ああ、真奈の足の匂い……）

　京介は感激と興奮に包まれながら思った。

　高校時代、下駄箱で何度も真奈の上履きを嗅ぎたいという衝動に駆られながら、ついに果たせなかったのだ。

　彼は蒸れた匂いを充分に貪ってから爪先にしゃぶり付き、桜色の爪を舐め、全ての指の股に舌を割り込ませて味わった。

「あう、汚いからダメ……」

　真奈がビクリと反応し、譫言《うわごと》のように力なく言った。

　構わず、彼は両足とも味と匂いを貪り尽くしてしまった。

「じゃ、うつ伏せになってね」

彼は顔を上げ、亜利沙にも求めたように言うと、すぐ真奈は寝返りを打ってうつ伏せになってくれた。仰向けの無防備体勢より、うつ伏せの方が少しだけ気が楽なのかも知れない。

京介は再び屈み込んだ。

真奈は四月から大学に入り、新品の靴で通学を始めたのか、僅かに靴擦れの痕《あと》が認められたが、もうほとんど癒えていた。

彼は踵を舐めてから癒やすように靴擦れの痕を探り、アキレス腱から脹ら脛、汗ばんだヒカガミまで舐め上げていった。

「く……」

顔を伏せたまま真奈が呻き、どこに触れてもヒクヒクと肌を震わせた。

太腿から尻の谷間を這い上がり、腰から滑らかな背中に舌を這わせていった。

「アアッ……！」

やはり背中も感じるらしく、真奈が喘いでクネクネと悶えた。

背中のブラのホック痕を舐めると汗の味がし、彼はセミロングの髪を掻き分けて肩までいった。

しなやかな髪には汗の匂いとリンスの香り、それに幼く乳臭いような匂いが籠もっていた。耳の裏側を嗅ぐと蒸れた匂いがし、そこも舐めると真奈がビクッと肩をすくめた。

やがて京介は背中を舐め降り、脇腹に寄り道しながら尻に戻ってきた。

うつ伏せのまま股を開かせて腹這い、谷間の上の方にある尾てい骨の膨らみをチロチロと舐めると、

「あう……」

真奈が呻き、悩ましく尻を振った。

指でムッチリと谷間を広げると、そこには薄桃色の可憐な蕾がひっそり閉じられていた。

やはり亜利沙のように、レモンの先のような盛り上がりはなく、ちゃんと機能しているのだろうかと思えるほど小さな蕾だった。鼻を埋め込むと顔中に弾力ある双丘が密着し、蒸れた匂いが感じられた。

蕾に舌を這わせ、細かに収縮する襞を濡らしてからヌルッと潜り込ませ、滑らかな粘膜を探ると、

「く……！」

真奈が呻き、キュッときつく肛門で舌先を締め付けてきた。

京介は充分に舌を蠢かせると、ようやく顔を上げ、

「仰向けになって」

言うと彼女も朦朧としながら、ノロノロと仰向けに戻った。

片方の脚をくぐって股間に陣取り、滑らかな内腿を舐め上げて中心部に顔を迫らせると、

「アア……、は、恥ずかしい……」

彼の熱い視線と息を感じた真奈が喘ぎ、ヒクヒクと白い下腹を波打たせた。

やはり処女が、男の顔の前で股を開くのは、相当な衝撃なのだろう。

楚々とした恥毛がふんわりと煙り、ゴムまりのように丸みを帯びた割れ目からは小振りの花びらがはみ出していた。

そっと指を当てて陰唇を左右に広げると、無垢な膣口が濡れて息づき、包皮の下からは小粒のクリトリスが真珠色の光沢を放って顔を覗かせていた。

やはり亜利沙の大きな突起とは違い、それは米粒ほどのクリトリスだった。

京介は清らかで艶めかしい眺めを瞼に焼き付けてから、そっと鼻と口を埋め込んでいった。

柔らかな恥毛に鼻を擦りつけて嗅ぐと、隅々には生ぬるく甘ったるい汗の匂いと蒸れた残尿臭、そして亜利沙よりもやや濃いチーズ臭がミックスされ、彼の鼻腔を掻き回してきた。

「いい匂い」

「あん、嘘……！」

嗅ぎながら思わず言うと、真奈が声を洩らし、ムッチリとした内腿で彼の両頬を挟み付けてきた。京介はもがく腰を抱え込んで押さえながら、美少女のナマの性臭を胸いっぱいに貪り、舌を挿し入れていった。

無垢な膣口の襞をクチュクチュ掻き回すと、やはりヌメリは淡い酸味を含んで舌の動きを滑らかにさせ、味わいながら彼はゆっくりクリトリスまで舐め上げていった。

5

「アアッ……、ダメ、変になりそう……」

真奈が顔を仰け反らせ、嫌々をしながら喘いだ。

京介は執拗に舌を這わせては溢れる蜜をすすり、やがて彼女が絶頂寸前と思われるまで愛撫を続けた。

挿入はしていなくても、指でクリトリスを探るオナニーぐらいはして、それなりの絶頂も知っていることだろう。

彼は、その高まりに合わせて挿入しようと思った。

やがて真奈が身を反らせ、ヒクヒクと小刻みな痙攣を開始したので、彼は身を起こして股間を進めた。

急角度にそそり立つ幹に指を添え、下向きにさせて先端を割れ目に擦り付け、充分にヌメリを与えながら位置を定めた。

真奈も、そのときを覚悟したように身を強ばらせて息を詰めた。

グイッと押し込むと、張り詰めた亀頭が潜り込み、処女膜が丸く押し広がる感触が伝わってきた。

処女は、痛みが一瞬で済むよう挿入は一気にするのが良いと高校時代の悪友から聞いていたので、彼はためらいなくヌルヌルッと根元まで押し込んでいった。

「あう……！」

真奈が呻いて硬直し、京介は初物の感触と、熱いほどの温もりに包まれながら股間を密着させた。

（ああ、とうとう真奈と一つに……）

京介は感激と快感を噛み締めながら思った。

肉襞の摩擦も潤いも心地よく、そしてさすがに締め付けが亜利沙以上だった。しかも異物を探るような収縮で、動かなくても激しく高まってきた。

京介が脚を伸ばして身を重ねていくと、真奈も支えを求めるように下から両手でしがみついてきた。

「大丈夫？」

囁くと、真奈が破瓜《はか》の痛みに奥歯を噛み締め、健気《けなげ》に小さくこっくりした。

「中に出しても平気？」

重ねて聞くと、また彼女が頷き、京介は様子を探るように、徐々に腰を突き動かしはじめていった。

「アア……」

真奈が熱く喘ぎ、回した両手に力を込めた。

胸の下では乳房が押し潰れて心地よく弾み、何度か動くうち、潤いが充分なので次第に律動が滑らかになってきた。

いったん動きはじめると、あまりの快感に腰が止まらなくなってしまった。

どうせ初回から絶頂に達するわけもないから、長く保《も》たせる必要はない。

彼は我慢せず、快感に専念しながらリズミカルな摩擦に高まっていった。

そしてメガネ美少女の喘ぐ口に鼻を押し込み、甘酸っぱい濃厚な果実臭の息を嗅ぎながら、たちまち昇り詰めてしまった。

「い、いく、気持ちいい……」

京介は絶頂の快感に口走りながら、熱い大量のザーメンをドクンドクンと勢いよくほとばしらせた。

「あう……」

噴出の熱さを感じたか、真奈が小さく呻いてキュッと締め付けてきた。

彼は快感に気遣いも忘れ、股間をぶつけるように動き続け、コリコリする恥骨の膨らみを感じながら、心置きなく最後の一滴まで出し尽くしていった。

満足しながら徐々に動きを弱めていくと、いつしか彼女も痛みが麻痺したようにグッタリと身を投げ出していた。

やがて完全に動きを止め、まだ息づく膣内で彼自身はヒクヒクと過敏に幹を震わせた。そして桃に似た息の匂いを間近に貪りながら、うっとりと快感の余韻に浸り込んでいった。

真奈は上気した頬に笑窪を浮かべ、初体験の感慨に耽《ふけ》っているように、じっとして荒い息遣いを繰り返していた。

京介は充分に余韻を味わうと、やがて気を込めて膣内に放ったザーメンを吸入していった。

同時に真奈の蜜も吸収すると、彼女の想念が流れ込んできた。

しかし内容は、まだ羞恥と混乱があるせいか、好きな人と初体験できて良かった、やっと大人になれた、痛かったけど、友だちが言うように、これからどんどん良くなってくるのかも知れない、というような思いが取り留めもなく、混沌と渦を巻いているようだった。

それでも後悔している様子は微塵もないので、彼も安心したものだった。

呼吸を整えると、京介はそろそろと身を起こし、ティッシュを手に股間を引き離した。もちろんザーメンを吸い込んだので、まだ彼自身は勃起したままで、膣口から逆流もしていない。

しかし僅かに破瓜の出血が認められたが、それほど多くなく、すでに止まっているようだ。

そっとティッシュを当ててやり、彼女を支え起こした。

「じゃ、シャワーを浴びようか」

言うと真奈もほっとしたように頷いた。

そして全裸のまま、スリッパだけ履いて部屋を出ると、フラつく彼女と手をつなぎながら階段を下りた。

真奈も、初めて来た家の中を全裸で移動するのに気が引けるらしく、やや前屈みになりながらノロノロと歩いた。

「大丈夫？　まだ痛い？」

「ううん、まだ中に何かあるような気はするけど……」

訊くと、真奈は自身の変化を探るように答えた。

やがて脱衣所で彼女はメガネを外し、一緒にバスルームに入った。

「広いわ。羨《うらや》ましい……」

バスタブと洗い場を見て真奈が言った。彼女の家は中流の建て売り住宅で、両親とも中学の教員である。

シャワーの湯で互いの身体を流し終えると、どうにも堪らずに彼はあることを求めてしまった。しかもメガネを外しているから、何やら見知らぬ全裸の美少女を前にしているような興奮が湧いた。

「ここに立って、足をそこに」

京介は洗い場の床に座り、目の前に真奈を立たせ、片方の足を浮かせてバスタブのふちに乗せた。そして開いた股間に鼻と口を埋め、

「オシッコ出してみて」

勃起した幹をヒクつかせながらせがんだ。

「え……、無理よ、そんなの……」

真奈は驚いたように、ビクッと腰を引いて答えた。

「ほんの少しでいいから」

彼は腰を抱え、だいぶ匂いの薄れてしまった割れ目を舐め回し、吸い付いた。

「あん、吸わないで、出ちゃいそう……」

真奈がガクガクと膝を震わせ、尿意が高まったように言った。

なおも舌を這わせると新たな蜜が溢れ、奥の柔肉が迫《せ》り出すように盛り上がり、味わいと温もりが変化してきた。

「あう、ダメ、離れて……」

真奈が息を詰めて言うなり、チョロッと熱い流れがほとばしった。

「アア……」

彼女は喘ぎ、慌てて止めようとしたようだが、いったん放たれた流れは止めようもなくチョロチョロと勢いを付けて京介の口に注がれた。

味も匂いも淡く、それは何とも清らかな流れだった。

彼は喉を潤し、口から溢れた分を温かく肌に浴びながら陶然となった。

それでも、あまり溜まっていなかったのか、ピークを過ぎると急に勢いが衰え、間もなく流れは治まってしまった。

京介は残り香の中で余りの雫をすすり、処女を喪《うしな》ったばかりの割れ目内部を舐め回した。

「も、もうダメ……」

真奈が言うなり彼の顔を突き放して足を下ろし、力尽きたようにクタクタと椅子に座り込んでしまった。

京介は、もう一度互いの全身にシャワーの湯を浴びせ、支えながら真奈を立たせると身体を拭いた。そして彼女はまたメガネを掛け、一緒に二階の部屋に戻っていったのだった。

「また来てくれる？」

「ええ、でも今度はちゃんと英語の問題を一緒に解きたいわ」

ベッドに座って言うと、真奈が答えた。

やはりエッチだけしに来るというのも気が引け、自分で納得する理由が欲しかったのだろう。

「うん、分かった。ちゃんと勉強するので。それからお願いがあるのだけど、まだ高校の制服があったら持ってきて」

「まだ持ってるけど……」

真奈が何やら淫らな予感に言い淀み、京介自身も待ちきれないほどピンピンに勃起していた。

やがて京介はベッドに仰向けになり、真奈を促すと、彼女も徐々に好奇心を前面に出し、彼の股間に熱い視線を注いできたのだった。

第三章　憧れ熟女との一夜

1

「おかしな形だわ……、みんな男性はこんなふうに……？」

　京介が大股開きになると、その真ん中に真奈が腹這い、物怖じしないように熱い視線を向けて言った。やはり初体験をした途端、羞恥や戸惑い、羞じらいよりも好奇心が出てくるものなのだろう。

　美少女の視線を受け、彼はゾクゾクと興奮を高めて幹を震わせた。

「好きな人とエッチしたいときだけ勃《た》つんだ。普段は小さくて柔らかいんだよ。ね、触ってみて」

　京介が言うと、真奈も息を詰め、そろそろと手を伸ばしてきた。

青筋の浮かぶ幹をそっと撫で、張り詰めた亀頭を軽く摘《つま》むと、彼女は陰嚢に触れてきた。

「お手玉みたいだわ……」

「そこは急所だからそっとして。中に玉が二つあるだろう」

「本当だわ……」

真奈が股間から囁き、袋を包む込むと二つの睾丸をそっと確認した。

そして陰嚢を摘み上げ、肛門の方まで覗き込んできた。さらに彼の両脚を浮かせると、尻の谷間に顔を寄せてきたのだ。処女を喪うと、急に大胆になるものなのかも知れない。

「ああ、恥ずかしい……」

京介は、美少女の鼻先に尻の谷間を向けて喘いだ。

「さっきは私の方がずっと恥ずかしかったのよ。シャワーも浴びていなかったから。でも、すごく気持ち良かった……」

真奈が詰《なじ》るように言うと、そっと舌を伸ばして、ためらいなくチロチロと肛門を舐めてくれたのだ。

熱い鼻息が陰嚢をくすぐり、さらに舌先がヌルッと潜り込んできた。

自分がされて、恥ずかしいけど気持ち良かったので、彼にもしてくれているのだ。

「あう、気持ちいい……」

京介は浮かせた脚を震わせ、モグモグと味わうように肛門で美少女の舌先を締め付けた。真奈は厭わず内部で舌を蠢かせ、彼が脚を下ろすと顔を離した。

「ここも舐めて」

陰嚢を指して言うと、真奈はすぐ舌を這わせ、二つの睾丸を転がしてくれた。

「ああ、気持ちいい、じゃ、ここしゃぶって……」

彼がせがむように幹をヒクヒクと上下させて言うと、真奈も前進してきた。

そしてペニスの裏側をゆっくり舐め上げ、先端まで来ると小指を立てて幹を支え、粘液の滲む尿道口をチロチロと舐め回してくれた。

張り詰めた亀頭もしゃぶると、たちまち先端は美少女の清らかな唾液に温かくまみれた。

「深く入れて……」

快感に硬直しながら言うと、真奈も小さな口を精一杯丸く開いて亀頭を咥え、そのままスッポリと喉の奥まで呑み込んでいった。

「ああ……」

京介は快感に喘ぎ、温かく濡れている美少女の快適な口腔で幹を震わせた。先端が、ヌルッとした喉の奥の肉に触れると、さらに唾液の分泌が増し、幹全体が心地よく浸された。

いちいち言われなくても真奈は舌をからめ、幹を締め付けて吸ってくれた。たまにぎこちなく歯が当たるのも新鮮な快感である。

恐る恐る股間を見ると、真奈は上気した頬に笑窪を浮かべて吸い付き、神聖な唇で幹をくわえていた。セミロングの髪がサラリと股間を覆い、その内部に熱い息が籠《こ》もった。

どうせ立て続けの挿入は酷《こく》だろうから、ここで真奈の口に出したかった。

ズンズンと小刻みに股間を突き上げはじめると、

「ンン……」

真奈が小さく呻き、新たな唾液を出しながら自分も顔を上下させ、濡れた口でスポスポと摩擦してくれた。

「アア、気持ちいい、いく……！」

たちまち京介は昇り詰め、美少女の神聖な口を汚すという禁断の興奮も加えながら溶けてしまいそうな快感に包まれた。

同時に、ありったけの熱いザーメンがドクンドクンと勢いよくほとばしり、真奈の喉の奥を直撃した。それはさっき膣内に出した分より、さらに多かった。

「ク……」

真奈が噎せそうになって呻いたが、それでも懸命に摩擦と吸引を続行してくれた。

京介は何度も噴出を脈打たせ、心置きなく最後の一滴まで出し尽くしていった。

「ああ……」

彼は満足しながら声を洩らし、突き上げを止めてグッタリと身を投げ出した。

真奈も動きを止め、深々と含んだまま口に溜まった大量のザーメンを、微かに眉をひそめながら何度かに分けて飲み込んでくれた。

「あう、気持ちいい……」

コクンと喉が鳴るたびに口腔がキュッと締まり、彼は駄目押しの快感に呻いた。

やがて全て飲み干すと、ようやく真奈がチュパッと軽やかな音を立てて口を離し、なおも幹をニギニギしてくれていた。

そして尿道口に脹らむ白濁の雫まで、厭わずチロチロと綺麗に舐め取ってくれたのである。

「あうう、も、もういいよ、有難う……」

京介はヒクヒクと過敏に幹を震わせ、腰をよじって言った。

そして舌を引っ込めた真奈の手を引き、添い寝させて腕枕してもらった。

美少女の胸に抱かれ、温もりの中で荒い息遣いと動悸を繰り返し、充分に余韻を味わった。

「気持ち悪くなかった……？」

「ええ、伊原君の精子だから嫌じゃないわ」

訊くと、真奈は優しく胸に抱いてくれながら答えた。

彼女の吐息にザーメンの生臭さは残っておらず、さっきと同じ甘酸っぱく可愛らしい果実臭だった。

やがて呼吸を整え、彼が身を離すと真奈もそろそろと身を起こしていった。

「私、帰るわね。胸がいっぱいで……」

真奈が言い、身繕《みづくろ》いをはじめた。

「家の人に気づかれないようにね」

「ええ、二人とも帰りが遅いから大丈夫」

彼女が答え、京介も起き上がって服を着た。真奈も、家に帰って初体験の感慨に改めて耽り、両親が帰るまでには平静を取り戻すつもりなのだろう。

玄関まで送って靴を履くと、

「もう恋人よね？」

真奈が振り返って訊いた。

「うん、もちろん」

京介は答え、もう一度そっと唇を触れ合わせた。真奈はほんのり頬を染めて口を離し、やがてドアを開けて帰っていった。

彼は二階の自室に戻り、ベッドに横になり真奈の匂いや感触、したことやされたことを一つ一つ思い出して勃起した。

心の中では、（真奈とやった、やった！）という感激と悦びが渦巻いていた。

しかし勃起しても、もうオナニーする気にはなれなかった。枕元の引き出しにはコンドームが用意されているが、もう当分それを使うこともないだろう。

初恋に等しい憧れの真奈を相手に二回射精したが、吸入したので疲労は一回分と同じである。

真奈も教職課程を取り、親のように教員を目指すのだろうか。

大人しい彼女に思春期の中高生を相手にするのは荷が重いだろうが、小学校の教師なら似合うかも知れない。

亜利沙は、高校の保健体育教師が志望らしい。

京介は、あまり心理学には興味がなく、物書きになりたいので志望は国文である。

やがて少し休んでから彼は起き上がり、机に向かった。次は真奈が教えてくれるだろうが、果たして集中出来るだろうかと思った。

そして陽が傾く頃、亜利沙からＬＩＮＥが入った。

『真奈と、ちゃんと出来た？　私、今夜は飲み会の流れでお友達の家に泊まるので、明日にでも詳しく聞くわね』

そう書かれていたので、京介も、

『ええ、何とか。じゃ明日にでも話しますね』

と無難な返信をしておいた。そしてスマホを切ると急に、

(今夜は、美紀子さんと二人きり……？)

急に、それが強く意識されはじめた。

何しろ京介は、初対面のときから天女のように優しく豊満な美紀子に激しく惹かれていたのである。

亜利沙はドライな感じで、圧倒されつつリードされるに任せてしまったし、真奈のことは卒業以来忘れていたようなものだ。

だから常に京介は、四十を目前にした美熟女に手ほどきを受けたいと妄想していたのである。

しかし美紀子は、亜利沙のように応じてくれるだろうか。それは熟れて欲求もあるだろうが、今は父の妻なのである。

誘っても、子供扱いされ拒まれるだけだろうか。ダメならダメで、気まずくならないように上手く言い寄らなければならない。

そんなことをあれこれ考えているうち、美紀子が帰宅してきたのだった。

2

「亜利沙から連絡があって、今夜は帰らないそうだわ。飲み会のあとお友達の家に泊まるって」

夕食のとき、美紀子が言った。

「そうですか」

京介は、そう答えただけだった。すでに知っていたが、あまり亜利沙と親しくしていることは言わない方が良いと思ったのである。

しかし美紀子は、彼の痛いところをさらに追及してきたのだ。

「いつの間にか、亜利沙は京介さんを呼び捨てにしているのね」

「え、ええ……」

言われて、義母と二人きりの差し向かいということで、また彼は料理の味が分からなくなってしまった。

京介とか姉さんとか言い合うのは、二人きりのときだけにしようと話し合っていたのだが、呼び捨てに慣れると亜利沙は、美紀子がいても平気で呼ぶようになっていたのである。

「美紀子さんも、僕を呼び捨てで構いませんよ」

「まだ無理ね。亜利沙ほどドライじゃないから。だって京介さんだって、私をお母さんとかママとか呼べないでしょう？」

「も、もう少し時間を下さい……」

「そうでしょう。私もしばらく無理だわ。すぐ言える亜利沙が羨ましいけど」

美紀子が言い、やがて話題を変えた。

「今夜は、お風呂沸かさなくていいわね」

「ええ、暑いのでシャワーで充分ですから」

彼は答えた。二人きりだし、そう毎晩湯を張るのも面倒だろう。どうせ明日は亜利沙が戻るから湯を沸かすのだ。

そして夕食を終えると、京介はシャワーを浴びて歯磨きを済ませ、二階の自室に戻っていった。

（どうしよう。応じてくれるかな……）

彼は迷いに迷いながら、何度か台詞《せりふ》を吟味《ぎんみ》し、彼女の反応などをシミュレーションした。

美紀子は階下で後片付けをし、戸締まりをして灯りを消し、いったん自室に戻って着替えてから寝しなにシャワーというのがいつものパターンである。

ここでは、誰も遅くまでリビングのテレビを観るという習慣はなかった。

彼は緊張に激しく胸が高鳴り、目眩《めまい》を起こしそうになるほどの興奮に包まれ、激しく勃起していた。

せっかく昼間には念願の真奈を征服したのだから、今日ぐらいその余韻に浸っていれば良いのに、やはり二人きりという機会を逃したくなかったのである。

やがて美紀子が二階に上がってきた。もちろんシャワーを浴びる前、ナマの匂いが知りたいので今しかなかった。

京介は雲を踏むような緊張の中で、そっと自室を出た。

美紀子も、ちょうど向かいにある自分の部屋に入ろうとしていたところだ。

「あの、ちょっとお願いが……」

「まあ、何かしら」

勃起に気づかれないよう腰を引き気味にして、恐る恐る言うと美紀子は笑みを浮かべて答え、ごく自然な感じで開けたドアに彼を招き入れてくれたのだった。

一緒に部屋に入ると、熟れた体臭が悩ましく鼻腔を刺激してきた。

美紀子の体からは、今日一日分動き回った汗の匂いが感じられ、いま正にシャワーを浴びる前に着替えようとしていたところである。

「あの、ほんの少しでいいから、添い寝してみたいんです」

顔を熱くし、モジモジして言うと、意外なことに、さらに美紀子が満面の笑みを浮かべたではないか。

「まあ、京介さんて甘えん坊さんだったの？」

彼女が、戸惑った様子もなく言った。

もちろん彼女も京一郎から聞き、京介がほとんど実母のことを覚えていないことを知っている。

「いけないことしたら叩いてもいいですから」

「叩いたりしないわ。じゃ、ほんの少しだけよ」

美紀子は言ってくれ、ベッドに近づくと薄掛けを下ろし、先に自分から着衣のまま横になってくれた。

京介はTシャツに短パン姿である。彼は胸を高鳴らせ、彼女の右側から迫った。

「右腕を真横に……」

「こう？」

言うとすぐ美紀子が右腕を横に伸ばしてくれたので、京介はそれを枕に添い寝し、彼女にしがみついた。

「ああ、嬉しい……」

彼はうっとりと声を洩らし、ブラウス越しに感じる甘ったるい匂いに酔いしれた。目の前では豊かな膨らみが息づき、美紀子もこちらを向くと、優しく髪を撫でてくれた。

「私も嬉しいわ。こんなこと出来るなんて……」

美紀子が溜息混じりに言う。湿り気ある熱い息は、ほんのりと白粉《おしろい》のような甘い刺激を含み、彼の鼻腔を悩ましく掻き回してきた。

京介は、義母の吐息と体臭に包まれながらピンピンに勃起し、今にも暴発しそうに高まってしまった。

腋の下に鼻を埋め込んで嗅ぐと、ブラウスの繊維越しに甘ったるい汗の匂いが濃厚に鼻腔に沁み込んできた。

「いい匂い……」

「まあ、私まだシャワーも浴びていないのに……」

思わず言うと、美紀子が僅かに身じろいで答えたが、突き放すようなことはしなかった。

胸を満たしてから目を上げると、目の前に形良い唇が僅かに開き、白い歯並びが覗き、熱い息が洩れていた。

心が読めれば、単に欲しかった男の子を可愛がっているのか、欲情しているのか分かるのだが、今は何とも分からない。

間近で見ても、薄化粧の整った顔にシワなどは認められない。

「息が、いい匂い……」

「本当？　歯磨きもまだなのに……」

「小さくなって、美紀子さんのお口に入ってみたい……」

「それから？」

「細かく嚙んで飲み込まれたい……」

「まあ、食べられたいの？」

そんな、譫言のように朦朧とした会話を交わしているだけで絶頂が迫ってしまった。

「おなかに入って溶けて、栄養にされたい……」

「まあ、それじゃ京介さんがいなくなっちゃうわ。どうせなら子宮に入って、私の本当の子として生んでみたいわ」

美紀子も、彼の髪を撫でながら熱く息を弾ませて囁いた。

「おでこにキスして……」

もう拒まれないだろうと、意を決して言うと美紀子も柔らかな唇で彼の額に触れてくれた。

「あう……」

電撃が走るような快感に呻き、彼は思わずビクリと肩をすくめた。ほんのり唾液に濡れた唇が心地よく、額まで感じることを新鮮に思った。

「くすぐったい？」

「ええ……、ね、食べちゃいたいって言って……」

「ダメよ、本当に食べてしまいそうだから」

「ほっぺ噛んで……」

彼が甘えながら言うと、美紀子もかぐわしい口を開き、綺麗な歯並びでそっと京介の頬を噛んでくれた。そして咀嚼《そしやく》するように、痕が付かない程度に軽くモグモグと動かした。

甘美な刺激に、彼は胸に抱かれながらクネクネと悶えた。

こんなに何でもしてくれるなら、もっと早くお願いすれば良かったと思った。

「ああ……、もっと強く……」

「もうダメ、歯形が付いてしまうわ」

美紀子が口を離して言った。

「ね、オッパイ吸いたい……」

「まあ、どうしようかしら……」

「ダメって言われたらすぐやめるので、ほんの少しだけ」

懇願すると、やがて美紀子は腕枕を解いてノロノロと身を起こし、ボタンを外してブラウスを脱ぎ去ってくれた。さらにブラを外すと、弾むような巨乳が露わになり、新たに濃い匂いが漂った。

「下も全部脱いで」

「ダメよ、オッパイだけ……」

言うと美紀子は、上半身だけ裸になり、再び横になってくれた。

京介も添い寝し、目の前で息づく乳房に顔を埋め込み、チュッと乳首に吸い付いて舌で転がしはじめたのだった。

3

「アア……、舐めたらダメ。吸うだけにして……」

美紀子が声を抑えながら言い、それでも京介は吸い付いて舐め回し、顔中を押し付けて柔らかな膨らみを味わった。

もう片方にも吸い付くと、徐々に美紀子が仰向けの受け身体勢になってくれ、彼は左右の乳首を交互に含み、心ゆくまで憧れの巨乳を味わった。

さらに腕を差し上げ、ジットリと生ぬるく湿った腋の下に鼻を埋め込むと、何とそこには和毛《にこげ》が煙っていたのだ。

（うわ、何て色っぽい……）

京介は美熟女の腋毛に激しく興奮した。

父親の趣味とも思えないので、美紀子は自然のままにしておくタイプなのかも知れない。あるいは長く未亡人として暮らしてきたのでケアもせず、京一郎とも、まだあまりしていないのではないか。

とにかく柔らかな腋毛に鼻を擦りつけて嗅ぐと、さらにミルクのように濃く甘ったるい一日分の汗の匂いが悩ましく鼻腔を刺激していた。

そして再び両の乳首に戻って愛撫すると、

「ああ……、い、いい気持ち……」

美紀子が我を忘れて喘ぎ、クネクネと熟れ肌を悶えさせた。

ここまで来れば、もう大丈夫だろう。

京介は身を起こし、彼女の腰のホックを外してロングスカートを引き脱がせ、両のソックスも抜き取った。

美紀子は朦朧となり、されるままじっと身を投げ出している。

最後の一枚を引き下ろしていくと、彼女も無意識に腰を浮かせてくれた。

義母を完全に一糸まとわぬ姿にさせると、京介もTシャツと、下着ごと短パンを脱ぎ去り、三秒で全裸になった。

そして再び屈み込むと、形良い臍を舐め、豊満な腰のラインから脚を舐め降りていった。

肌は透けるように白く、どこも滑らかな舌触りだった。

脛はスベスベでムダ毛はなく、足首まで下りると足裏に周り、彼は義母の踵から土踏まずを舐め、形良く揃った足指の間に鼻を押し付けて嗅いだ。

やはり指の股は汗と脂に生ぬるく湿り、蒸れた匂いが濃く沁み付いていた。

京介は匂いを貪り、爪先にしゃぶり付いて順々に指の股にヌルッと舌を割り込ませていった。

「あう、ダメよ、汚いから……」

美紀子が驚いたように呻き、ビクリと反応したが拒む力もないようだった。

彼は両足とも、味と匂いを存分に貪り尽くしてから、股を開かせてムチムチと肉づきの良い脚の内側を舐め上げていった。

張り詰めて、うっすらと静脈の透ける内腿をたどり、股間に迫った。

見ると、丘には黒々と艶《つや》のある恥毛が密集し、下の方はすでに溢れた愛液の雫を宿していた。

割れ目は肉づきが良く丸みを帯び、はみ出す陰唇は縦長のハート型をしていた。

そっと指を当てて陰唇を左右に広げると、微かにクチュッと湿った音がして、中身が丸見えになった。

かつて亜利沙が生まれ出た膣口は、細かな襞を入り組ませて妖しく息づき、白っぽく濁った本気汁が滲んでいた。

包皮の下からツンと突き立つ真珠色のクリトリスは、亜利沙ほど大きくなく小指の先ほどだった。

舐めるのを後回しにし、彼は美紀子の両脚を浮かせ、逆ハート型の豊満な尻に迫った。谷間の蕾は、これも亜利沙とは違って突き出てもおらず、薄桃色の細かな襞がひっそり息づいているだけだった。

鼻を埋め込むと、豊かな双丘が顔中に密着し、彼は蒸れた匂いを貪ってから蕾に舌を這わせた。そして充分に収縮する襞を濡らしてからヌルッと潜り込ませ、滑らかな粘膜を探ると、

「あう……、ダメ……」

美紀子が呻き、反射的にキュッときつく肛門で彼の舌先を締め付けた。

京介はなおも中で舌を蠢かせ、微妙に甘苦い粘膜を味わい、出し入れさせるように動かした。

「アア……、い、いい気持ち……」

美紀子もいつしか正直な感想を洩らし、彼の鼻先にある割れ目から白っぽい愛液をトロトロと大量に漏らしてきた。

ようやく京介は脚を下ろし、舌を割れ目に移動させながら茂みに鼻を擦りつけた。

隅々には蒸れた汗とオシッコの匂いが馥郁《ふくいく》と籠もり、彼は酔いしれながら舌先で膣口を探った。

そしてヌメリを掬《すく》い取りながら、ゆっくりクリトリスまで舐め上げていくと、

「アアッ……！」

美紀子が激しく喘いで反り返り、まるで逃がすまいとするかのように量感ある内腿で彼の顔をムッチリときつく挟み付けてきた。

京介は豊満な腰を抱え込み、チロチロと弾くようにクリトリスを舐め回しては、泉のように溢れる淡い酸味のヌメリをすすった。

「い、入れて……、京介さん……」

美紀子は、もうわけも分からなくなったように口走った。

「呼び捨てで命じて」

彼が股間から答えると、美紀子は白い下腹をヒクヒク波打たせながら、

「きょ、京介、入れなさい……、アアッ……！」

彼女はためらいがちに言うと、自分の言葉に激しく喘いだ。まるで、言葉だけでオルガスムスに達しそうな勢いである。

京介も身を起こして股間を進め、幹に指を添えて先端を割れ目に擦り付けた。

充分にヌメリを与えてから膣口にあてがい、温もりと感触を味わいながらヌルヌルッと挿入していった。

とうとう、母娘の両方と交わってしまったのだ。

「あう……、すごい……！」

根元まで押し込むと、美紀子が狂おしく身悶え、彼も股間を密着させながら身を重ねていった。

肉襞の摩擦と温もりが心地よく、上下の締め付けが彼を高まらせた。子を生んでいても締まりが良く、彼は美紀子の肩に腕を回して完全にのしかかると下で熟れ肌が心地よく弾んだ。

京介は上からピッタリと唇を重ね、舌を挿し入れると美紀子もチュッと吸い付き、熱い鼻息で彼の鼻腔を湿らせながら、ネットリと舌をからめてくれた。

やがて彼女も下から両手でしがみつきながら、ズンズンと股間を突き上げはじめ、京介も合わせて腰を動かした。

「アア……、いきそう……、もっと強く奥まで突いて、何度も……」

美紀子が口を離し、淫らに唾液の糸を引きながら熱くせがんだ。

彼も股間をぶつけるように激しく律動を開始し、感触と温もりにジワジワと絶頂を迫らせていった。

彼女の喘ぐ口に鼻を押し込んで嗅ぐと、熱く湿り気ある息が馥郁と鼻腔を満たしてきた。夕食後の歯磨きをしていなくても、食べ物の成分は唾液に洗い流され、白粉臭の刺激が悩ましく胸を満たした。

一度美熟女の肺に納まった空気が、もう要らなくなったので微量の炭酸ガスを含んで吐き出され、それを吸うことに彼は限りない幸福感と高まりを得た。

匂いは他の誰よりも甘く、興奮と安らぎの両方が感じられた。

(い、いく……！)

彼は声に出さずに昇り詰めた。

果てたことが分かると、それで終えられてしまう気がしたのだ。どうせ吸入し、何度でも出来るのである。

京介は息を詰め、無言で絶頂の快感を味わい、ドクンドクンと勢いよく大量のザーメンをほとばしらせた。美紀子も快感に朦朧として、噴出の熱さには気づかなかったようだが、タイミングよく彼女もオルガスムスに達したようだ。

「い、いいわ……、アアーッ……！」

彼女が顔を仰け反らせて喘ぎ、下からガクガクと腰を跳ね上げるように狂おしく悶えた。収縮と潤いが最高潮になり、彼は吸い込まれるような快感の中、心置きなく最後の一滴まで出し尽くしていった。

いったん動きを止め、収縮の中でヒクヒクと過敏に幹を震わせながら、彼は義母の甘い吐息を嗅いでうっとりと余韻を味わった。

そして気を込め、膣内に放ったザーメンを、彼女の愛液ごと吸入していったのだ。温かな体液が尿道口から逆流してくると、たちまち京介の淫気が回復していった。するとそこで美紀子の心にある諸々の想念が彼の中に流れ込んできたのである。

『息子になった子としてしまった……。でも、どうにもしたくて堪らなかった。すごく気持ち良くしてくれた。色んなところを舐められて驚いたけれど、これからも病《や》みつきになりそう……』

そんな思いが伝わってきて嬉しかったが、京介はその中に封印されている言葉を見つけた。

それは、小函《こばこ》のように美紀子の内部に長く秘められていたものらしい。

彼は再びズンズンとピストン運動を開始すると、

「アア……、ま、またいきそう……」

美紀子が喘ぎ、快感とともに、ようやく小函の蓋が開かれていった。

その中に秘められていた言葉を読み取り、京介は愕然となった。

4

『私ハ、ウチノ人ヲ殺シタ……』

（え……？）

美紀子の封印されていた言葉を知り、京介は息を呑んで動きを止めた。

いったん小函の蓋が開かれると、さらなる情報が彼の頭に流れ込んできた。

どうやらＤＶに困り果てた美紀子は、自分が処方されている睡眠薬を細かく砕き、夕食に混ぜて亡夫に食べさせていたようだ。

もちろん殺意はあっても直に手を下すわけではなく、薬で朦朧とさせた上で、事故を起こせば良いと願っていたのだろう。

亡夫はがさつな男で、手の込んだ美紀子の料理などろくに味わわず、何かが混入してあることも知らずに食べていたらしい。

言わば未必の故意というものだが、美紀子の思惑通り、いつものように原付で出かけた亡夫が事故死してくれた。

それが、薬で朦朧となっていたからか、単なる操作ミスであったかはもう分からない。事件性もなかったので司法解剖もされず、年中原付を乱暴な運転で飛ばしていたことは近所の人たちも知っている。

それに下戸だということも周知の事実だったから飲酒運転ではなく、ナイトクラブにも迷惑はかからなかったらしい。

つまり美紀子は、誰からも罪を問われるようなことはないのだ。

かくして亡夫が片付き、美紀子はその事実を心の奥に封印したのである。

(そうだったのか……)

京介は思い、もちろんこのことは誰にも言うまいと思った。

美紀子も、今の幸福な暮らしを続けるうち、やがて封印した小函も完全に消え去っていくことだろう。それは彼女の血色が良くなり、肉づきが良くなっていることでも分かる。

いや、京介が掘り起こさなければ、すでに美紀子自身忘れているかも知れない。

もちろん衝撃の事実を知っても、彼は萎えることはなかった。

しかも、さらなる美紀子の心の衝動まで読み取れたのである。

『お尻の穴に入れてほしい……』

その想念に、膣内にある彼自身がピクンと反応した。

どうやらDV夫の暴力を受け、どこか美紀子はマゾっ気を芽生えさせていたのかも知れない。あるいは主婦仲間との内緒話で、アナルセックスも良いというような話を聞き、興味を持っていたのではないだろうか。

さらに、美紀子があまり京一郎としていないことも分かってしまったが、京介は父親の性事情など知りたくなく、想念をシャットアウトした。

そして京介は身を起こすと、いったんペニスを引き抜き、

「ね、お尻の穴に入れてもいいですか」

興奮を甦らせながら言ってみた。

「え……？　い、いいわ……、何でも試してみたいのね。構わないわ……」

美紀子は驚いたように答え、何と自ら両脚を浮かせ、抱え込んで尻を突き出してくれたのである。

覗き込むと、割れ目から溢れる大量の愛液が肛門までヌラヌラと潤わせ、急に期待したようにヒクヒクと妖しく息づいていた。

美紀子にしてみれば、京介の要求は願ってもないことであり、しかも膣感覚でオルガスムスを得た直後だから、タイミング的にも最適だったろう。

「無理だったら言って下さいね」

京介が股間を進めて言うと、美紀子も頷きながら、自ら豊満な尻に両手を当て、グイッと広げて肛門を丸見えにさせてくれた。

彼は愛液にまみれた先端を可憐な蕾に押し当て、機を見ながらゆっくり押し込んでいった。

美紀子も口呼吸して括約筋を緩めていたのだろう、たちまち張り詰めた亀頭がズブリと潜り込み、蕾の襞が丸く押し広がって裂けそうなほど光沢を放った。

「あう、いいわ、奥まで来て……」

美紀子が呻いて言ったが、すでに最も太いカリ首までが潜り込んでいるから、あとはズブズブと比較的楽に挿入することが出来た。

「アア……」

美紀子が喘ぎ、彼が股間を密着させると尻の丸みが当たって心地よく弾んだ。

さすがに入り口はきつく、膣内とは全く違う感触だが、中は案外広めで、思っていたほどベタつきもなく滑らかだった。

とうとう母娘の両方と交わったばかりでなく、美紀子の肉体に残った、最後の処女の部分も頂いてしまったのだ。

「動いて……」

美紀子が肛門を収縮させながら言い、自ら両手で巨乳を揉みしだき、指で乳首を摘んだ。さらに指を股間に這わせ、空いている割れ目をいじり、愛液の付いた指の腹でクリトリスを擦りはじめたのだ。

どうやら、彼女はこのようにオナニーするらしい。

貪欲に快楽を得ようとする姿に興奮し、彼も徐々に腰を突き動かしはじめた。

膣口ほど滑らかではないが、彼女も括約筋の緩急の付け方に慣れてきたのか、次第に滑らかな律動が出来るようになっていった。

クチュクチュと摩擦音が聞こえはじめ、彼が高まってくると同時に、

「アア……、いい気持ちよ、いきそう……」

美紀子が指の動きを激しくさせながら喘いだ。

彼も締め付けと摩擦の中、初めての感覚であっという間に絶頂に達してしまった。

ない。

「いっ、いく……、アアッ……！」

京介は快感に喘ぎながら、ドクドクと勢いよく熱いザーメンを注入した。

「あ、熱いわ。出ているのね。気持ちいい……、アアーッ……！」

噴出を感じ、美紀子も激しく喘ぐなり、ガクガクと狂おしく痙攣した。

あるいはアナルセックスではなく、自らいじるクリトリス感覚で達したのかも知れない。

膣内の収縮と連動するように、肛門がキュッキュッと締まった。

中に満ちるザーメンで、さらに動きがヌラヌラと滑らかになり、彼は心ゆくまで初めての快感を噛み締めながら、最後の一滴まで出し尽くしていった。

すっかり満足しながら動きを弱めていくと、

「アア……」

美紀子も新鮮な感覚に満足したように声を洩らし、乳首とクリトリスから指を離すとグッタリと身を投げ出していった。

さすがに、いかに清らかな女神様だろうと、直腸内に放ったザーメンは吸収しない方が良いだろう。

京介が引き抜こうとすると、その前にヌメリと締め付けでペニスが押し出され、やがてツルッと排出されてしまった。

何やら美熟女に排泄されたような興奮が湧いた。

見ると肛門が丸く開き、一瞬中の粘膜を覗かせてから、徐々につぼまって元の可憐な蕾に戻っていった。

「さあ、早く洗った方がいいわ……」

互いに余韻に浸る余裕もなく、美紀子が身を起こして言った。彼も一緒にベッドを降り、全裸にスリッパだけ履いて階段を下りた。

バスルームに入ると、美紀子がシャワーの湯を出し、ボディソープで甲斐甲斐《かいがい》しく彼のペニスを洗ってくれた。そして湯でシャボンを洗い流すと、

「オシッコしなさい。中からも洗い流した方がいいわ」

美紀子に言われ、彼は回復しそうになるのを堪えながら、ようやくチョロチョロと放尿を済ませた。

するとと彼女はもう一度湯を浴びせ、屈み込んで消毒するようにチロリと尿道口を舐めてくれた。

「あう……、美紀子さんもオシッコして……」

京介はピクンと反応し、たちまちムクムクと勃起しながら言った。

「わ、私はいいわ……」

「ほんの少しでいいから。どんなふうに出るのか見たい」

彼は床に座って言い、目の前に美紀子を立たせて股間に鼻を埋めた。

まだ彼女はあまり流していないので、大部分の匂いはそのままだった。

京介は悩ましい性臭を貪りながら割れ目を舐めると、すぐにも新たな愛液が溢れて舌の動きがヌラヌラと滑らかになった。

「アア……、無理よ、立ったままだなんて……」

辛抱強く待っていたが、美紀子が諦めたように腰を引いて言った。

「じゃ、こうして顔に跨がって」

彼は広い洗い場に敷かれたバスマットに仰向けになり、彼女の手を引いて顔に跨がらせた。

「ああ……、本当にするの……？」

美紀子も声を震わせながら、そろそろとしゃがみ込んでくれた。肉づきの良い脚がM字になると、さらに内腿がムッチリと量感を増した。

和式トイレスタイルなら出やすいだろう。

京介は真下からの眺めに興奮を高めながら、豊満な腰を抱き寄せた。

舌を挿し入れると、すでに柔肉は新たな愛液にまみれ、今にもツツーッと滴《したた》りそうなほど大洪水になっていた。

彼女は何度も力んでは溜息をついた。さすがになかなか出ないようだ。

それでもようやく、奥の柔肉が迫り出し、味と匂いが変化してきたのだった。

5

「あう、出ちゃうわ。ダメ……」

美紀子が呻き、チョロチョロと熱い流れがほとばしってきた。腰を離そうとするのを京介は抱え込んで押さえ、口に受けて喉に流し込んだ。

仰向けだから噎せないよう気をつけたが、流れがか細いので問題はなさそうだ。

味も匂いも実に控えめで上品で、一滴余さず飲み干したい衝動に駆られた。

「アア……、信じられないわ、こんなこと……」

しかし美紀子が言うなり勢いが増すと、口から溢れた分が頬を伝って温かく両耳を濡らしてきた。

それでも間もなく勢いが衰え、流れが治まってしまった。

ポタポタ滴る雫に愛液が混じり、やがて糸を引いてきた。

舌を挿し入れて舐め回すと、愛液が残尿を洗い流すように淡い酸味が満ちてきた。

「も、もうダメよ、変になりそう……」

とうとう美紀子が言ってビクッと股間を引き離したので、彼も身を起こし、もう一度二人でシャワーを浴びた。

身体を拭くと、もちろん彼自身はピンピンに突き立っている。

「まあ、もうこんなに……」

美紀子が熱い視線を注いで呟き、目をキラキラさせたので、まだまだ彼女も終わるつもりはなく快感を得たいようだった。

一緒に階段を上り、再び美紀子の部屋のベッドに横になった。

「お尻に入れてみたかったの？」

添い寝しながら美紀子が言う。あまりに絶妙のタイミングだったから気になるのだろう。

「ええ、前にネットで見て、どんなものか試したかったし、美紀子さんの最後の処女の部分だと思ったから」

「そう、私も試したかったけど、やっぱり前に入れる方がいいわ」

美紀子が囁き、もう遠慮なく彼のペニスを指で弄《もてあそ》びはじめた。

そして身を起こすと彼女が京介の股間に顔を移動したので、彼も仰向けになり大股開きになった。

すると美紀子は、彼の両脚を浮かせ、尻の谷間を舐めてくれたのである。

「ああ、気持ちいい……」

京介が愛撫に身を委ねて喘ぐと、美紀子はヌルッと舌を挿し入れてくれた。

「あう……」

彼はモグモグと肛門を締め付け、美熟女の舌先を味わった。

彼女も中で舌を蠢かせてから脚を下ろし、陰嚢をしゃぶり、袋全体を温かな唾液にまみれさせてくれた。

そして前進し、肉棒の裏側をゆっくり舐め上げ、粘液の滲む尿道口をチロチロと探ってくれた。

「アア……」

京介は快感に喘ぎ、美紀子もそのままスッポリと喉の奥まで呑み込んでいった。

舌がからまり、幹を締め付けて吸われると、温かく濡れた口の中で唾液にまみれた幹がヒクヒクと震えた。

「ンン……」

美紀子は吸い付きながら熱く鼻を鳴らし、股間に息を籠もらせた。

そして顔を上下させ、リズミカルにスポスポと摩擦されると、京介は急激に絶頂が迫ってきた。

彼女の膣と肛門に射精したのだから、あとは口に出せばグランドスラムだが、やはり最後は女上位の膣内で果てたかった。

「い、いきそう……、入れたい。上から跨いで……」

腰をくねらせて言うと、すぐに美紀子もスポンと口を離し、身を起こして前進してきた。

仰向けの彼の股間に跨がると、先端に濡れた割れ目をあてがい、息を詰めてゆっくりと腰を沈み込ませてくれた。たちまち彼自身は、ヌルヌルッと滑らかに根元まで呑み込まれた。

「アアッ……、いいわ、奥まで届く……」

ピッタリと股間を密着させた美紀子が巨乳を揺すり、顔を仰け反らせて喘ぎ、味わうようにキュッキュッときつく締め上げてきた。

京介も膣内の温もりと感触を味わいながら、両手を回して抱き寄せた。

美紀子が身を重ねてきたので、彼は胸に密着して弾む巨乳を味わいながら、両膝を立てて豊満な尻を支えた。

「アア、とっても可愛いわ。すごくいい気持ち……」

美紀子が彼の肩に腕を回し、近々と顔を寄せて囁いた。

「ね、食べちゃいたいって言って……」

「食べちゃいたいわ……」

言われて、彼は興奮に膣内の幹をヒクつかせた。

「食べる真似して」

言うと美紀子も彼の頬を噛み、鼻の頭にも舌を這わせてくれた。

「ああ、気持ちいい……、もっと噛んで……」

ゾクゾクと高まりながら、彼は小刻みに股間を突き上げはじめた。

「アア、すぐいきそうよ……」

美紀子も腰を遣い、大量の愛液を漏らして動きを滑らかにさせた。

「ね、オマ×コ気持ちいいって言って……」

「そ、そんなこと言わせたいの……？　オ、オマ×コ気持ちいいわ……」

彼女が小さく言うと、自分の言葉で収縮と潤いが増した。

「京介のオチ×チ×好きって言って」

「ああ……、京介のオチ×チ×好きよ、すごく……、アア……」

美紀子が声を震わせて言い、彼も突き上げを強めていった。

「顔中舐めてヌルヌルにして……」

言うと美紀子も腰を遣いながら、京介の頬や鼻の穴にもチロチロと舌を這わせてくれた。それは舐めるというより彼が望むように、垂らした唾液を舌で塗り付ける感じである。

たちまち彼はヌメリと、唾液と吐息の匂いに高まった。

そして美紀子の喘ぐ口に鼻を押し込むと、彼女も下の歯並びを京介の鼻の下に当ててくれた。口の中の熱気が、悩ましい白粉臭を含んで彼の鼻腔と胸をうっとりと満たした。

「ああ、ママのお口の中いい匂い……」

「今なんて……？」

「ママ……」

「う、嬉しい……、いっちゃう……、アアーッ……！」

たちまち美紀子は声を上げ、ガクガクと狂おしいオルガスムスの痙攣を開始してしまった。

しかも、近親相姦めいた興奮もプラスされたのかも知れない。

その収縮に巻き込まれるように、続いて京介も昇り詰め、ありったけの熱いザーメンをドクンドクンと勢いよくほとばしらせた。

「アア、熱いわ。もっと出して……」

奥に感じる噴出で、駄目押しの快感を得た美紀子が喘ぎ、締め付けを強めて熟れ肌を震わせ続けた。

京介も快感を嚙み締め、心置きなく最後の一滴まで、義母の膣内に出し尽くしていった。満足しながら徐々に突き上げを弱めていくと、

「ああ……、溶けてしまいそう……」

美紀子も声を洩らし、熟れ肌の硬直を解いてグッタリともたれかかってきた。

まだ膣内は名残惜しげにキュッキュッと収縮し、刺激された幹が中でヒクヒクと過敏に跳ね上がった。

「あう、もう暴れないで……」

美紀子も敏感になっているように呻き、幹の震えを押さえ付けるようにキュッときつく締め上げた。

京介は義母の温もりと重みを受け止め、熱く吐き出される濃厚な白粉臭の息で胸を満たし、うっとりと余韻に浸り込んでいった。

どうせこれからシャワーを浴びるだろうから、膣内に一滴のザーメンも残っていないと変に思われるので、彼ももう今夜は吸入するのをやめた。

何しろ、昼間は美少女と、夜は美熟女と出来たのだから、今日の射精はこれで充分過ぎるほどである。

重なったまま荒い呼吸を整えると、美紀子はそろそろと身を起こし、枕元のティッシュを手にしながら股間を引き離していった。

そして割れ目を拭いながら屈み込み、愛液とザーメンにまみれた亀頭にしゃぶり付き、丁寧にヌメリを舐め取ってくれたのである。

「あうう、も、もういいです……」

「ママ、やめてって言いなさい」

「ママ、やめて……」

言うと彼女も、ようやく顔を上げてくれた。

「ああ、嬉しい。でも亜利沙がいるときは、まだ言わないで」

「ええ、分かりました」

「じゃ、私はシャワー浴びて歯磨きするので、今夜はお部屋へ戻りなさいね」

美紀子が言うので京介も素直に頷き、自分の脱いだものを抱えて彼女の部屋を出たのだった。

彼女もすぐに階下へおり、ゆっくり身体を流すのだろう。

京介は、充実の一日を思い起こしながら自分のベッドに横になった。

第四章　快楽追究の日々よ

1

翌朝の朝食でも、美紀子の態度は普段と何も変わらずにこやかだった。

意識したりナーバスになるのは京介ばかりで、女性の方がずっと大胆で強《したた》かなのだろう。

やがて美紀子が仕事に向かうと、家に一人残った京介は大人しく自室で勉強した。

昨日の昼間の、真奈との悦びと、夜に美紀子とした感激がいつまでも全身にくすぶっていて、なかなか集中できなかった。

やはり、あの母娘がこの家に同居し、義母と義姉になったのが、全ての幸運の切っ掛けだったのだろう。

その縁で、彼は真奈の初体験にも立ち会えたのである。

もう毎日のように良いことがあるので、オナニーの必要はなくなったし、彼女たちの枕や下着を嗅ごうという気持ちも薄れていた。何しろ、生身の女体が自由になるのである。

やがて京介が昼食を終えると、亜利沙が帰宅してきた。

朝は友人宅から真っ直ぐ大学へ行って講義を受け、午後の講義はなかったようだ。

昨夜の飲み会は児童心理学のメンバーで、女性ばかりだったらしい。

もちろん亜利沙がどこに泊まろうと、交わって愛液を吸入すれば全て本当のことが分かってしまうのである。

「真奈からＬＩＮＥで聞いたわ。初体験にすごく感激したって」

「そう。僕も高校時代からの念願が叶《かな》いました。姉さんのおかげです」

亜利沙が言い、彼も答えた。

どうやら真奈も、亜利沙を姉のように慕い、どんなことでも包み隠さず相談しているようだった。

もっとも亜利沙が真奈に、京介と初体験しろしろとすすめたのだから、真奈も事後報告を正直にしたのだろう。

「勉強は見てもらった？」

「昨日は、それどころじゃなかったので、今度来てもらったら真面目に見てもらいます」

「そう。それより、今日は私の部屋でして」

亜利沙が言い、彼も素直に部屋を移動した。

まだ美紀子の帰宅までには、だいぶあるので早速淫気が高まってしまった。それは亜利沙も同じようで、

「なんか、一日空けると急に京介が恋しくなってしまったわ。昨夜は女同士で際どい話で盛り上がったけど、やっぱり話だけじゃなく直接感じたくなるわね」

言いながら服を脱ぎはじめた。

もちろん彼も手早く全裸になり、ピンピンに勃起したペニスを露わにした。

「すごい勃《た》ってる。相手が真奈でなくてもいいのね」

「だって、姉さんは僕の最初の女性だから特別です」

京介は答え、先に義姉の体臭の沁み付いたベッドに身を横たえた。

亜利沙も最後の一枚を脱ぎ去ると、彼に添い寝してきた。そして枕元の引き出しから何か取り出して京介に手渡した。

見ると、それは楕円形のローターである。

「それをお尻に入れてから、ペニスを膣に入れて」

亜利沙が目をキラキラさせて言う。それが気持ち良いと、昨夜友人と語り明かしたのかも知れない。探求心旺盛な彼女は、興味を持って思い立ったらすぐ行動に移すようだ。

「うん、じゃ舐めてからね」

京介も好奇心を持って答え、まずはローターを置いておき、身を起こして仰向けになった義姉の足裏から舌を這わせはじめた。

「あう、そこからなの……？」

亜利沙はビクリと反応して呻いたが、もちろん身を投げ出していてくれた。

彼は足裏を舐め、指の間に鼻を押し付けて嗅ぐと、ムレムレの匂いが濃く沁み付いていた。

では昨夜は飲み会のあと、友人の家で語り明かし、入浴などしなかったのだろう。

濃厚に蒸れた匂いに京介は激しく興奮を高め、爪先にしゃぶり付き、汗と脂に湿った指の股に舌を割り込ませて味わった。

「アア、今日は今までで一番汚れているはずよ……」

亜利沙は脚を震わせて言ったが、それでもシャワーを浴びる余裕もないほど淫気が高まり、またナマの濃い匂いを好む彼の性癖も分かってきたのだろう。

京介は義姉の両足とも存分にしゃぶり、味と匂いを貪り尽くした。

そして股を開かせ、健康的な張りを持つ長い脚の内側を舐め上げていった。

スベスベの内腿を舌でたどり、股間に迫るとすでに割れ目からは熱い愛液が溢れている。

恐らく帰り道から亜利沙は興奮を高め、すぐにも京介としたかったのだろう。

彼は茂みに鼻を埋め、熱気と湿り気を嗅いだ。蒸れた汗の匂いに残尿臭とチーズ臭が混じり、悩ましく鼻腔が刺激された。

京介は貪りながら舌を這わせ、淡い酸味のヌメリに満ちた膣口の襞をクチュクチュ掻き回し、ゆっくりと大きなクリトリスまで舐め上げていった。

「アアッ……、いい気持ち……！」

亜利沙がビクッと顔を仰け反らせて喘ぎ、内腿でムッチリと彼の両頬を挟み付けてきた。

京介は執拗にクリトリスを舐め回し、吸い付いては溢れる愛液をすすった。

さらに両脚を浮かせ、尻の谷間に鼻を埋め、レモンの先のように突き出た蕾に籠もる蒸れた匂いを嗅ぎ、舌を這わせた。

ヌルッと潜り込ませ、滑らかな粘膜を探ると、

「あう、いい……」

亜利沙は呻き、浮かせた脚を震わせながらキュッと肛門で舌先を締め付けた。

舌を出し入れさせるように何度か動かし、充分に唾液に濡らしてから彼はローターを手にした。

顔を上げ、楕円形のローターを蕾《つぼみ》に押し当て、親指の腹でゆっくり押し込むと、

「ああ……」

亜利沙は喘ぎながら、モグモグと呑み込んでいった。

ローターを持っているということは、前から彼氏がいない間に自分で慰め、肛門に挿入したこともあるのだろう。

やがてローターが奥まで潜り込むと見えなくなり、あとは電池ボックスに繋がるコードが伸びているだけとなった。

スイッチを入れると、奥からブーン……と低くくぐもった振動音が聞こえてきて、

「アア、気持ちいいわ……。前に入れて、京介のペニスを……」

亜利沙がクネクネと腰をよじって喘いだ。

言われて彼も身を起こして股間を進め、充分すぎるほど濡れている割れ目に先端を擦り付けた。

そしてヌメリを与えると、ゆっくりと膣口にペニスを挿入していった。

ヌルヌルッと根元まで押し込むと、直腸にローターがあるせいか、いつもより締め付けが増していた。しかも震動が間の肉を通して、ペニスの裏側を妖しく刺激してくるのである。

確かに新鮮な感覚で、前後の穴を塞がれた亜利沙は、もっと大きな快感を得ていることだろう。

京介は股間を密着させ、熱く濡れた肉壺に包まれながら身を重ねていった。

動かなくても震動に、ジワジワと快感が突き上がってきた。それに息づくような膣内の収縮も加わり、彼は屈み込んで両の乳首を貪った。

「ああ、もっと吸って……」

亜利沙は両手で京介の顔を抱きすくめ、喘ぎながらズンズンと股間を突き上げはじめた。

彼は左右の乳首を充分に愛撫し、腋《わき》の下にも鼻を埋め、濃厚に甘ったるい汗の匂いに噎《む》せ返った。そして義姉の体臭で胸を満たしてから、首筋を舐め上げて唇を重ねていった。

「ンン……」

亜利沙が熱く鼻を鳴らし、ネットリと舌をからめてきた。

京介も生温かな唾液に濡れた舌を舐め回し、息で鼻腔を湿らせながら徐々に腰を突き動かしはじめていった。

「アア……、すぐいきそうよ……」

亜利沙が口を離して仰け反り、唾液の糸を引いて喘いだ。

熱く湿り気ある吐息を嗅ぐと、いつもの花粉臭に、昼食の名残かほのかなガーリック臭の刺激も混じって鼻腔が掻き回された。

「あ、いけない。昼食のパスタが匂うかも……」

「ううん、姉さんから出るなら全部いい匂いだから」

言われて、京介もことさらに濃厚な吐息を嗅ぎながら腰の動きを速めた。

「何て可愛い……。本当に嫌がっていないのが、ペニスの震えで伝わってくるわ」

亜利沙は言い、両手で彼の顔を掻き抱きながら再び唇を重ね、執拗に舌をからめてきた。

京介も唾液と吐息を味わいながら、いつもよりきつい膣口で律動を繰り返した。

「い、いっちゃう、気持ちいいわ……、アアーッ……！」

たちまち亜利沙が声を上ずらせ、ガクガクと狂おしい痙攣を開始した。

京介も、オルガスムスの収縮と腰の跳ね上げを受け止めながら、続いて絶頂に達してしまった。

「く……！」

彼は突き上がる大きな快感に呻きながら、熱い大量のザーメンをドクンドクンと勢いよく内部にほとばしらせたのだった。

2

「アア……、もっと出して……」

亜利沙が噴出を感じて喘ぎ、収縮を強めていった。

京介も快感を嚙み締め、心置きなく最後の一滴まで出し尽くしていった。

満足しながら動きを弱めても、収縮と震動が続き、彼自身はヒクヒクと内部で過敏に震えた。

そして義姉の悩ましい吐息を間近に嗅ぎながら余韻を味わい、気を込めて出したばかりのザーメンを吸入していった。

同時に亜利沙の愛液も取り入れると、彼女の様々な想念が流れ込んできた。

やはり昨夜は、女友達のマンションに一泊したようだ。

さらに今までには感じ取れなかった、義姉の奥に秘められた思い出が認められたのである。

(え……?)

京介は、亡夫を殺したという美紀子の封印を解いたときと同じぐらい驚いた。

何と亜利沙は、かつて真奈とレズごっこをし、ディープキスどころか、割れ目を舐め合うことまでしていたのだった。

(すごい……)

京介は女同士の思い出を覗き込み、妖しい興奮に包まれた。

では、すでに真奈はキスやクンニリングスを経験していたのだ。

もっとも女同士だから勘定には入れず、男の京介としたのが本当のファーストキスだったのだろう。

確かに亜利沙はボーイッシュで逞しく、宝塚の男役のように少女から慕われるタイプである。そして大きなクリトリスのパワーで、亜利沙は相手が男でも女でも好みなら順応できてしまうのかも知れない。

とにかく吸入して淫気が甦《よみがえ》ったが、京介はいったん引き抜くことにした。亜利沙の直腸から伝わる振動がうるさくなってきたのである。

身を起こして股間を引き離すと、彼は電池ボックスのスイッチを切り、ちぎれないようコードを指に巻き付け、そろそろと引き抜いていった。

「アア……」

亜利沙も身を強ばらせ、排泄するようにモグモグと肛門を収縮させた。

ローターが顔を出し、蕾が丸く押し広がってみるみる姿を現した。

そして完全に抜け落ちると、蕾がキュッと引き締まった。ローターの表面に汚れはないが、嗅ぐと微かなビネガー臭が感じられた。

「ダメ、そんなの嗅がないの」

亜利沙が窘め、彼もティッシュにローターを包んで置いた。

「じゃ、私は夕食まで寝るわね」

彼女が全裸のまま、薄掛けに手を伸ばして言った。昨夜は語り明かし、寝不足のまま我慢して午前中の講義を受けたのだろう。

「あ、もう一回急いで抜きたい……」

「まあ、出したばかりなのに、もうこんなに……」

彼が言うと、吸入の仕組みを知らない亜利沙が勃起を見て目を丸くした。

「いいわ、出してあげる」

亜利沙は言ってペニスを握り、ニギニギと愛撫してくれた。

「お尻にローター入れてみる？」

「そ、それは勘弁……」

言われて京介は尻込みした。指先か舌だけなら良いが、器具となると抵抗感と恐れが湧いた。

亜利沙もローターは諦め、指の愛撫に専念しながら唇を重ねてくれた。

「唾《つば》を飲ませて、いっぱい……」

せがむと義姉も懸命に口中に唾液を分泌させながら、形良い唇をすぼめて迫り、白っぽく小泡の多い唾液をトロトロと吐き出してくれた。

舌に受けて味わい、うっとりと喉を潤してから、彼女の口に鼻を押し込んで、濃厚な匂いを胸いっぱいに嗅いだ。すると亜利沙も舌を這わせて鼻の穴を舐め、鼻全体も唾液でヌルヌルにしてくれた。

その間も、微妙なタッチで指がペニスを愛撫していた。

を寄せてきた。

「いいわ、お口に出して」

唾液と吐息の匂いに高まった彼が言うと亜利沙が答え、すぐにも移動して股間に顔
そして彼の両脚を浮かせ、近々と尻の谷間に迫りながら、

「ここにローターを入れて犯したいわ……」

亜利沙は呟きながらも、怖がる彼の反応だけ見て満足したように、すぐにも舌を這わせてくれた。チロチロと舐め回し、ヌルッと潜り込ませると、

「あう……」

京介は快感に呻き、モグモグと義姉の舌先を肛門で味わった。

亜利沙も中で舌を蠢《うごめ》かせてから脚を下ろし、陰嚢をしゃぶり、熱い息を股間に籠もらせてから、肉棒の裏側を舐め上げてきた。

愛液にまみれているのも構わず尿道口を舐め、張り詰めた亀頭を咥えると、スッポリと喉の奥まで呑み込んでいった。

「ああ、気持ちいい……」

京介は喘ぎ、ズンズンと股間を突き上げはじめた。亜利沙も顔を上下させ、リズミ

カルにスポスポと濡れた口で摩擦してくれた。そして舌をからめて吸い付き、たまにチラと目を上げて彼の反応を窺った。

眠いのに申し訳ないと思い、彼も我慢せず全身で快感を受け止めた。

「い、いく……、アアッ……！」

たちまち昇り詰めた京介は、快感に喘ぎながら、ありったけの熱いザーメンをドクンドクンと勢いよくほとばしらせた。

「ンン……」

喉の奥に噴出を受け、小さく鼻を鳴らしながら亜利沙はバキュームフェラで強く吸い出してくれた。

「ああ、すごい……」

京介は命まで吸い取られそうな勢いに喘ぎ、最後の一滴まで出し尽くした。

膣内と違い、出したザーメンは吸入できないので、いつしか口内発射が彼の仕上げとなっていた。

満足してグッタリと身を投げ出すと、亜利沙も動きを止め、亀頭を含んだまま口の中のザーメンをゴクリと飲み込んでくれた。キュッと締まる口腔の刺激に駄目押しの快感を得た、ようやく彼は気が済んで力を抜いた。

ようやく口を離すと、亜利沙は幹をニギニギとしごきながら、尿道口から滲む余りの雫《しずく》をチロチロと丁寧に舐め取ってくれた。

「あうう、も、もういいです……」

過敏に幹を震わせ、腰をよじりながら彼が言うと、亜利沙も舌を引っ込めて添い寝してきた。

「不思議だわ。私の中に出したばっかりなのに、いっぱい出るのね」

亜利沙が言う。

実際、もう彼女の膣内にザーメンは残っていないので、いつか彼の秘密も知られてしまうときが来るかも知れない。

京介は義姉の胸に抱かれ、温もりと匂いに包まれながら余韻を味わい、荒い呼吸を整えていった。

横になると、亜利沙はすっかり眠りそうになっているので、京介もそろそろと身を起こしてベッドを降りた。

急いで身繕いすると、もう彼女は規則正しい寝息を立てていたので、彼は薄掛けをそっと掛けてやり、静かに部屋を出たのだった。

隣の自室に戻り、京介はスッキリした気分で勉強に戻った。

それにしても、美紀子も亜利沙も、胸の奥には何らかの秘密が眠っているものだと思った。

やがて夕方になると美紀子が帰宅し、風呂と夕食の仕度をした。

すると亜利沙も起きだして先に入浴してから、三人で夕食を囲んだのだった。

3

「ダメ、少しぐらい勉強しないと。じゃこのページまでね」

翌日の昼過ぎ、ＬＩＮＥで打ち合わせた通りメガネ美少女の真奈が来てくれ、京介は淫気を抑えながら仕方なく勉強机に向かった。

京介が抱きつこうとしても、真奈は家庭教師として厳しく突っぱねるのだ。

彼女は紙袋を持ってきていて、覗くと約束通り高校時代の制服が入っているではないか。

それを知るとさらに勃起してしまったが、やはりほんの少しでも勉強しないと、もう真奈が来てくれなくなるかも知れない。

京介が懸命に問題文を解いていると、彼の肩越しから真奈が覗き込み、あれこれアドバイスしてくれた。

たまに、真奈のセミロングの髪がサラリと彼のうなじをくすぐり、ブラウスの胸の膨らみが心地よく背中に当たり、肩越しに感じる吐息は今日も甘酸っぱく可愛らしい果実臭だ。

午前中からずっと外にいたようだから、昼食後のケアはしていないようで、吐息の濃い匂いが甘美に胸に沁み込んだ。

こんな興奮の中で勉強するのは苦行で、やはり一人の方が集中できるが、しかし真奈には来てもらいたいので頑張らなければならない。

それでも、懸命に与えられた問題集のページをクリアすると、ようやく京介はほっと肩の力を抜いた。

まだまだ陽は高く、美紀子や亜利沙の帰宅までは時間がある。

「じゃ、今日はこれで終わりにしよう」

京介が向き直って言うと、真奈も小さくこっくりした。彼女も、ただ勉強を見に来るだけとは思っていないし、ちゃんと制服も持ってきてくれたのだから、期待と興奮が高まっていることだろう。

「全部脱いで、その上から制服を着てみて」

「恥ずかしいな……」

言って彼が先に脱ぎはじめると、真奈もモジモジとしながら、ブラウスとスカート、ブラにソックスに最後の一枚も脱ぎ去ってくれた。

全裸になった京介は、先にベッドに横になって彼女を眺めた。真奈が来てくれるのだから、枕カバーだけは洗濯済みのものに替えてある。

やがて真奈は一糸まとわぬ姿になると、紙袋から濃紺のスカートを出して穿き、上半身には白い長袖のセーラー服を着た。

白の長袖《ながそで》で、濃紺の襟《えり》と袖には三本の白線、スカーフは白だ。

卒業以来、彼女がこれを着るのは三ヶ月ぶりだろう。たちまち彼の目の前に、高校時代に片思いし続けていた美少女の姿が現れた。

「わあ、懐かしい。こっちへ来て」

京介が目を輝かせ、当時の熱い思いを甦らせて言うと、真奈も羞じらいながらベッドに上ってきた。

「ここに跨《また》がって座って」

彼は仰向けになり、下腹を指して言った。

「こう……？　いいのかしら……」

真奈はそう言いながら、恐る恐る彼の腹に跨がり、しゃがみ込んできた。勉強を教えていたときのモードと変わり、今は初々しい恋人の顔になっている。

裾をまくって彼の下腹にそっと腰を下ろすと、ノーパンだから直に割れ目が密着してきた。

「足を伸ばして、僕の顔に乗せてね」

京介が言いながら彼女の両足首を摑み、顔の方へ引っ張ると、

「あん……」

真奈がバランスを崩して声を洩らし、彼が立てた両膝に寄りかかりながら両足を伸ばしてきた。

顔に両の足裏を受け止めると、美少女の全体重が彼にかかった。

まるで人間椅子になったような興奮に包まれ、京介は急角度に勃起したペニスで彼女の腰を軽くトントンとノックした。

両の足裏を舐め、縮こまった指の間に鼻を押し付けて嗅ぐと、今日も指の股は汗と脂に湿り、蒸れた匂いが沁み付いていた。

今日も朝から大学へ行って講義を受け、制服の入った紙袋はコインロッカーにでも預けていたのだろう。

爪先にしゃぶり付き、順々に指の間に舌を割り込ませて味わうと、

「アアッ……、ダメ、汚いのに……」

真奈が喘ぎ、身じろぐたびにぷっくりした割れ目が下腹に押し付けられた。そして、徐々に濡れはじめてきたのが分かった。

京介は両足の、全ての指の股をしゃぶって味と匂いを貪り尽くすと、彼女の両手を握った。

「前に来て、顔にしゃがんで」

言いながら引っ張ると、真奈も彼の顔の左右に足を置き、腰を浮かせて前進してきた。そして完全に顔にしゃがみ込むと、白くムッチリと張り詰めた両の内腿と、濡れはじめた割れ目が鼻先に迫った。

濃紺のスカートが薄暗く覆いかぶさっているので、吸う空気は生ぬるい。

正に女子高生の和式トイレスタイルを真下から見ているようだった。

京介は左右の内腿を舐め、若草の丘に鼻を埋め込んだ。

嗅ぐと、生ぬるく甘ったるい汗の匂いに、微かなオシッコの匂いと淡いチーズ臭が鼻腔を悩ましく刺激してきた。

胸を満たしながら割れ目内部の柔肉を探ると、溢れる蜜ですぐにも舌の動きがヌラ

ヌラと滑らかになった。

処女を喪《うしな》ったばかりの膣口を探り、小粒のクリトリスまで舐め上げていくと、

「アアッ……!」

被さるスカートで表情は見えないが、上の方から可憐な喘ぎ声が聞こえた。

チロチロと舌を這わせると、真奈は力が抜け、思わずキュッと座り込みそうになるたび、彼の顔の左右で懸命に両足を踏ん張った。

京介は割れ目の味と匂いを堪能すると、美少女の尻の真下に潜り込んでいった。

顔中にひんやりして弾力ある双丘を受け止め、谷間の蕾に鼻を埋め、蒸れた匂いを貪ってから舌を這わせた。

充分に濡らしてからヌルッと潜り込ませると、

「あう……」

真奈が呻き、キュッときつく肛門で舌先を締め付けた。

京介が中で舌を蠢かせ、滑らかな粘膜を執拗に探ると、割れ目からトロトロと新たな蜜が溢れて彼の顔に生ぬるく滴ってきた。

彼はようやく舌を移動させ、清らかなヌメリを舐め取って再びクリトリスに吸い付いていった。

「あん、もうダメ……」

絶頂が迫ったか真奈が声を上げ、ビクッと股間を引き離してしまった。

京介が仰向けのまま真奈の顔を股間に押しやると、彼女も素直に腹這い、顔を寄せてきた。

彼は自ら両脚を浮かせて尻を突き出し、両手で尻の谷間をグイッと広げて肛門を露わにした。美少女の視線が心地よく羞恥を伴い、期待に勃起した幹がヒクヒクと上下した。真奈も厭《いと》わず舌を伸ばし、チロチロと肛門を舐めて濡らし、ヌルッと潜り込ませてくれた。

「く……、気持ちいい……」

京介は快感に呻き、モグモグと美少女の舌を肛門で味わい、切れぎれに股間にかかる息の刺激に興奮を高めていった。

美少女の清潔な舌で肛門内部を、あまり長く舐めてもらうのは申し訳ないので、気が済むと京介は脚を下ろした。すると真奈も心得たように、今度は鼻先にある陰嚢をしゃぶってくれた。

熱い息を籠もらせて二つの睾丸を舌で転がし、やがて袋全体が生温かな唾液にまみれると、彼はせがむように肉棒をヒクつかせた。

真奈は前進し、ゆっくりと裏筋を舐め上げてから幹に指を添え、粘液の滲む尿道口をチロチロと探ってくれた。そのまま、小さな口を精一杯丸く開いてスッポリ呑み込み、笑窪の浮かぶ頬をすぼめてチュッと吸い付いてきた。

「ああ、気持ちいいよ、すごく……」

京介は幹を震わせて喘ぎ、股間を見た。高校時代のままの制服姿で、メガネの美少女が深々とペニスを含んでいる。

単なるコスプレではなく、本人が実際に着ていたものだ。

舌がからまると、たちまちペニス全体は美少女の温かく清らかな唾液にどっぷりと浸った。

ズンズンと股間を突き上げると、真奈も顔を上下させ、クチュクチュとリズミカルに摩擦してくれた。

「い、いきそう、跨いで入れて……」

すっかり高まった彼が言うと、真奈もチュパッと口を離して身を起こし、恐る恐る前進してきた。彼の股間に跨がるとスカートの裾をめくって幹に指を添え、先端に割れ目を押し当てると、息を詰めてゆっくり腰を沈めていった。

張り詰めた亀頭が潜り込むと、あとは潤いと重みで、ヌルヌルッと滑らかに彼自身は根元まで没した。

「アアッ……！」

ぺたりと座り込んだ真奈が、ビクリと顔を仰け反らせて喘いだ。

彼も肉襞の摩擦と締め付け、熱いほどの温もりと大量のヌメリに包まれて快感を噛み締めた。

そして京介は両手を伸ばし、セーラー服姿の真奈を抱き寄せた。

彼女が身を重ねると京介は抱き留め、膝を立てて尻を支えた。

「痛い？」

「ううん、もう大丈夫……」

囁くと、真奈が健気に答えた。

実際、もう挿入の痛みは和らいでいるようで、膣内は異物を探るようにキュッキュッときつく収縮した。肛門にローターを入れたときの亜利沙の膣内よりも、さらに締め付けが強かった。

京介は彼女の裾をまくり、露出した乳房に顔を埋め込んでいった。

左右の乳首に、交互に吸い付いて舌で転がし、顔中で思春期の膨らみと生ぬるい体臭を味わった。

しかし真奈は乳首への刺激よりも、全神経は股間に集中しているようだ。

両の乳首を味わうと、彼は乱れたセーラー服をめくりながら潜り込み、生ぬるくジットリ湿った腋の下に鼻を埋めた。甘ったるい汗の匂いを貪ると、膣内で締め付けられた幹がヒクヒクと震えた。

やがて京介は彼女の腕を肩に回して顔を寄せ、下からしがみつきながらピッタリと唇を重ねていった。

舌を挿し入れ、滑らかな歯並びを左右にたどると、彼女も歯を開いて受け入れた。

4

「ンン……」

京介が舌をからめながらズンズンと股間を突き上げはじめると、真奈が熱く呻き、息で彼の鼻腔を湿らせた。

生温かな唾液に濡れた舌がヌラヌラと滑らかに蠢き、彼女が下向きのため清らかな唾液がトロトロと注がれてきた。彼はそれを味わい、小泡の多い粘液でうっとりと喉を潤しながら、次第に突き上げを強めていった。

「アア……、奥が、熱いわ……」

真奈が口を離して喘いだ。痛みではない何かが芽生え、それを懸命に探っているかのようだ。

「下の歯を、僕の鼻の下に当てて」

言うと真奈が素直に顔を寄せて口を開き、下の歯並びを彼の鼻の舌に引っかけてくれた。それで鼻全体が、美少女の口にスッポリと含まれた。

真奈の口の中は濃厚に甘酸っぱい匂いが満ち、それに下の歯の内側にある微かなプラーク臭も混じって、悩ましい刺激が鼻腔を満たしてきた。

微量の炭酸ガスを含んだ熱い吐息の、甘いのは発酵、酸っぱいのは腐敗だろうが、こんなとびきりの美少女の口の中で発酵と腐敗が行われているというだけで激しく絶頂が迫ってきた。

「ああ、なんていい匂い……」

嗅ぎながら思わず言うと、真奈の息がさらに羞恥に熱く弾んだ。

彼の目の前には美少女の鼻の穴が丸見えになり、言うと嫌がるだろうから、彼は黙って艶《なま》めかしい眺めを堪能しながら摩擦と締め付けに高まっていった。

「い、いく……！」

たちまち京介は絶頂に達し、大きな快感に貫かれながら、熱い大量のザーメンをドクンドクンと勢いよくほとばしらせてしまった。

「あう……、感じるわ……」

奥深い部分に噴出を受け、真奈が口走りながらキュッキュッときつく締め上げてきた。まだ絶頂というほどではないだろうが、それでも痛みではなく、彼と一つになった充足感と、彼が達してくれた悦びを得ているのだろう。

京介は心ゆくまで快感を噛み締め、制服姿の美少女の匂いと感触の中、最後の一滴まで出し尽くしていった。

「ああ、良かった……」

彼は満足しながら言い、徐々に突き上げを弱めていった。

真奈も全身の強ばりを解き、グッタリともたれかかったが、まだ膣内は息づき、刺激された幹がヒクヒクと震えた。

「強く突いたけど、大丈夫だった？」

「ええ、何だかいい気持ち……」

囁くと真奈が答え、彼は濃厚な果実臭の吐息を嗅いでうっとりと余韻を味わった。

そして気を込め、放ったザーメンを逆流させていくと、愛液と共に彼女の想念も流れ込んできた。

『奥に出たのが分かったわ。彼が気持ち良くなってくれると私も嬉しい。私も、もう少ししたらもっと感じるようになるんだわ……』

そんな思いが伝わって、彼も嬉しかった。

そして真奈の心の奥を探ってみると、確かに亜利沙との女同士の行為が、しっかり記憶の筐《はこ》に入れられていた。さすがに亜利沙は女のツボを熟知し、真奈のクリトリスを舐めて昇り詰めさせたようだ。

そんな記憶も嫌なものではなく、大切に取っておくほど真奈は亜利沙のことも慕っているのだろう。

『もしも、私がこの家に嫁いだら、亜利沙さんは本当のお姉さんになるのね。それもすごく楽しみ……』

真奈は、そのようなことまで夢に描いているようだった。

やがて呼吸を整えると、真奈もそろそろと身を起こしてベッドを降りた。

そして制服を脱ぎ去り全裸になったので、京介も起き上がり、一緒に全裸で部屋を出た。

真奈がメガネを外して階下のバスルームに入ると、京介はシャワーの湯を出した。

互いの身体を洗い流し、彼が例のものを求めると、真奈もほんの少しだけオシッコを漏らしてくれた。京介は淡い味と匂いを味わい、喉を潤して最大限に勃起してしまった。

「ね、精子が出るところ見たいわ……」

真奈が彼の勃起を見て、モジモジと言った。

「うん、いいよ。じゃ出そうになるまでお口でして」

京介は答え、バスタブのふちに腰掛けて両膝を開いた。椅子に座った真奈も正面に来て、両手で拝むように幹を挟むと、すっかり回復している亀頭をおしゃぶりしはじめてくれた。

上気した頬に笑窪を浮かべて吸い付き、彼は髪を撫でながら快感を高めていった。

メガネを外しているから、見知らぬ美少女に愛撫されているようだ。

真奈も顔を前後させ、微妙なタッチで幹や陰嚢を探りながらスポスポと強烈な摩擦を繰り返した。

「出ている間も指を動かし続けて……」

絶頂を迫らせながら言うと、真奈も頬張りながらコクンと頷き、ネットリと舌をからめてくれた。

　やがて京介は高まったが、せめて第一撃だけは美少女の口に放ちたかったので、呼吸を抑えながら密かに絶頂を迎えていった。

　ゾクゾクする快感とともに、ありったけの熱いザーメンが勢いよくほとばしった。

「い、いく……」

「あう……！」

　言うと同時に、喉の奥を直撃された真奈が噎せそうになって呻き、急いで口を離した。それでも両手は幹を挟み、錐揉《きりも》みするように動かし続けてくれた。

「ああ、気持ちいい……」

　ドクンドクンと脈打つように射精しながら見下ろすと、真奈も口に飛び込んだ濃厚な第一撃は飲み込んでくれ、なおも射精する様子に熱い視線を注いでいた。

「すごい勢いだわ……」

　真奈が息を呑んで言う。

　確かに、立て続けの二回目ではなく、彼にとっては一回と同じで、しかも量が増しているのだ。

　飛び散った白濁の液が彼女の鼻筋を濡らし、片方の瞼《まぶた》にも命中した。

　美少女の顔をザーメンがヌラヌラと這い回り、顎からツツーッと滴った。

顔を汚されても構わず、真奈は最後の一滴が出尽くすまで、指の動きを続けてくれていた。

やがて出なくなり、彼が力を抜くと、真奈も動きを止めて舌を伸ばし、濡れた尿道口をチロチロと舐め回してくれた。

「あう、もういいよ、有難う……」

京介が過敏に幹を震わせて呻くと、真奈もようやくヌルヌルになった指を離した。

「こんな勢いで飛ぶなんて思わなかったわ……」

好奇心を満たした真奈が片方の目を閉じて言い、やがてシャワーの湯を手に受けて顔を洗った。

そして二人で身体を拭くと二階に戻り、互いに大人しく身繕いをした。

もう日が傾き、そろそろ美紀子か亜利沙が帰ってくる頃合いである。

真奈は服を着ると、セーラー服とスカートを畳んで紙袋に入れた。

「これ、伊原君が持ってる？　うちにあっても仕方がないので」

真奈が紙袋を差し出して言う。

「うん、じゃ預かることにしよう。君がお嫁に来るまで」

「いいの？」

彼が言うと、そんな願望を抱いていた真奈が目を丸くして訊き返した。

「うん、卒業して就職しても気が変わらなかったら」

「変わらないわ。伊原君は？」

「変わらないけど、大事なことだからね、急いで決めなくていいよ」

京介は答えたものの、自分が合格してから、卒業を待たず学生結婚でもいいなと思った。

やがて玄関まで見送り、真奈が帰ってゆくと京介は二階に戻った。

そしてセーラー服の入った紙袋をロッカーの中にしまった。また真奈が来たとき、気が向けば着てもらえば良いだろう。

少し勉強に戻ると、間もなく美紀子と亜利沙が続けて帰宅し、夕食を終えるとまた彼は自室に戻った。

今日はセーラー服姿の真奈を堪能したので、その余韻で横になり、亜利沙も今夜はレポートでもあるのか部屋に来ることもなかった。

翌日、亜利沙は朝食のあと大学へ行ったが、美紀子は家にいた。今日の教室はスイーツ作りということで、午後からの出勤らしい。

京介は、昼間だがゾクゾクと義母に欲情してしまった。

5

「ね、美紀子さん、少しだけいい？」

洗濯物を干し終え、二階に上がってきた美紀子に京介は胸を高鳴らせて言った。

昼食は、作り置きのものをチンするだけだから、もう忙しくはないだろう。

「なに、京介さん」

美紀子も答えた。互いに興奮が高まったときはママとか京介とか呼び合ったが、明るい昼間なので前の通りだ。

「こんなになっちゃった……」

彼はピンピンにテントを張った短パンの股間を突き出し、甘えるように言った。

「まあ……！」

美紀子は目を丸くして嘆息したが、一瞬で淫気のスイッチが入ったように目をキラキラさせた。しかし、そこは熟女の貫禄と余裕で、すぐにも透き通るような聖母の笑みを浮かべた。

「困ったわね。私のお部屋に来る？」

「うん！」

言われて、彼は勢い込んで頷いた。

「私が出かけたあと、一生懸命勉強すると約束してね」

「ええ、もちろん」

彼が答えると、美紀子は部屋に入れてくれた。

すぐにも京介はTシャツと短パン、下着を脱ぎ去って全裸になると、義母の甘ったるい体臭の沁み付いたベッドに横になった。

美紀子も気が急くように手早くブラウスのボタンを外して脱ぎ、見る見る白い熟れ肌を露わにしていった。

やがて一糸まとわぬ姿になった美紀子が添い寝してくると、

「ああ、嬉しい……」

京介は言いながら腕枕してもらい、巨乳に顔を埋め込んだ。

「いい？　そんなにたくさん時間はないわ……」

美紀子も優しく抱いてくれながら彼の髪を撫で、興奮と安らぎの匂いのする吐息を弾ませた。今日も義母の息は甘い白粉臭の刺激で、それに濃厚な汗の匂いも混じって鼻腔を満たした。

するると美紀子の方からピッタリと唇を重ね、舌を潜り込ませて彼の口の中をクチュクチュと舐め回してくれたのである。

切っ掛けは京介が作ったが、彼女はすっかり淫気の火が点いてしまったようだ。

彼もネットリと蠢く美熟女の舌を味わい、巨乳に指を這わせていった。

「ああ、いい気持ち……」

美紀子が口を離して言い、今度は何と、大胆にも顔を移動させて彼の強ばりに顔を迫らせてきたのだ。指で包皮を剝くと、ツヤツヤと光沢を放って張り詰めた亀頭が露出した。

まるで美味《おい》しい果実の皮を剝き、新鮮な果肉を上品に食べるように、彼女がしゃぶり付いてきた。

「あう、こっちを跨いで……」

京介は唐突な快感に呻きながら、彼女の下半身を引き寄せていった。

すると美紀子も深々とペニスを含みながら身を反転させ、彼の顔に跨がってきてくれた。

女上位のシックスナインになると、京介の目の前に白く豊満な尻と濡れはじめた割れ目が迫ってきた。

下から腰を抱え、潜り込むようにして茂みに鼻を埋めて嗅ぐと、今日も生ぬるく蒸れた汗とオシッコの匂いが馥郁《ふくいく》と籠もり、悩ましく鼻腔が刺激された。

胸を満たしてから割れ目を舐め回し、亜利沙が生まれてきた膣口の襞を掻き回し、溢れはじめたヌメリをすすりながらクリトリスに吸い付くと、

「ンンッ……！」

含んでいた美紀子が呻き、反射的にチュッと強く亀頭を吸いながら、熱い鼻息で陰嚢をくすぐった。

互いに最も感じる部分を舐め合っていると、彼の目の上にある尻の谷間で薄桃色の蕾がヒクヒクと可憐に収縮した。

京介は充分にクリトリスを舐め回し、さらに伸び上がって尻の谷間に顔を埋め、蕾に籠もる蒸れた匂いを貪ってから舌を這わせた。

アヌス処女を喪ったばかりの蕾に舌を潜り込ませ、ヌルッとした滑らかな粘膜を探ると、彼女はペニスに集中し、顔を上下させてスポスポと摩擦してくれた。

やがて義母の前も後ろも味と匂いを堪能すると、

「アア、入れたいわ……」

美紀子がスポンと口を離して言い、股間を引き離していった。

「待って、足を……」

京介は言い、彼女の足を引っ張り、指の間に鼻を埋め込んで嗅いだ。

「あう、そんなところいいのに……」

美紀子は言ったが、そのまま爪先を差し出してくれた。

彼はムレムレの匂いを貪ってから爪先をしゃぶり、順々に指の股に舌を割り込ませて味わった。

そしてもう片方の爪先も味と匂いを貪ってから口を離すと、

「もう気が済んだわね？」

美紀子がまるで子供扱いするように言い、すぐにも仰向けの京介の股間に跨がってきた。

そして唾液に濡れた先端に割れ目を押し当て、気が急くように若いペニスを味わいながら一気に座り込んできた。

「アアッ……、いい気持ち……」

ヌルヌルッと滑らかに根元まで受け入れると、美紀子が顔を仰け反らせ、巨乳を弾ませて喘いだ。

彼も摩擦と温もりに包まれ、股間に美熟女の重みを受け止めながら快感を高めた。

美紀子は密着した股間をグリグリと擦り付けてから、ゆっくり身を重ねてきたので京介も膝を立てて豊満な尻を支えながら抱き留めた。

潜り込むようにして乳首を含み、舌で転がすと顔中に巨乳が覆いかぶさり、彼は心地よい窒息感に噎せ返った。

両の乳首を味わい、腋の下にも鼻を埋め、生ぬるく湿った和毛に籠もる濃厚に甘ったるい汗の匂いに酔いしれると、

「アア……、突いて……」

美紀子が腰を遣いはじめ、たちまち溢れる愛液で律動が滑らかになっていった。

京介も下から両手でしがみつき、動きを合わせてズンズンと股間を突き上げはじめると、溢れる愛液が互いの股間をビショビショにさせ、ピチャクチャと淫らな摩擦音を響かせた。

「唾を飲ませて……」

動きながら言うと、美紀子も口を寄せ、クチュッと唾液を垂らしてくれた。

京介は味わい、うっとりと喉を潤して高まりながら、彼女の喘ぐ口に鼻を押し込み濃厚な白粉臭の息で胸をいっぱいに満たした。

すると美紀子もヌラヌラと舌を這わせ、鼻の穴をしゃぶってくれた。

たちまち彼は美熟女の吐息と唾液の匂いに絶頂を迫らせ、激しく股間を突き上げていった。

「アア、いっちゃう、気持ちいいわ……、アアーッ……！」

すると美紀子の方が急激に高まり、先に声を上げるなり、ガクガクと狂おしいオルガスムスの痙攣を開始したのだった。

ペニスを貪るような収縮に巻き込まれ、続いて彼も昇り詰めた。

「い、いく……！」

快感に口走りながら、ありったけの熱いザーメンをドクンドクンと勢いよくほとばしらせた。

「あう、もっと出して……！」

噴出を感じた美紀子が、駄目押しの快感に呻きながら収縮を繰り返した。

京介は快感を嚙み締め、心置きなく最後の一滴まで出し尽くした。

満足しながら突き上げを弱め、まだ息づく膣内に刺激され、ヒクヒクと過敏に幹を跳ね上げた。

「あう、もうダメ、感じすぎるわ……」

美紀子も動きを止めて言い、きつく締め上げながらグッタリともたれかかった。

京介は重みと温もりを受け止め、熱く湿り気ある白粉臭の吐息を嗅ぎながら、うっとりと余韻を味わった。

そして気を込め、ザーメンを愛液ごと吸入しようとしたら、

「さあ、もういいでしょう」

美紀子が言って股間を引き離してしまったのである。

そしてティッシュを手にして割れ目を拭いながら、顔を移動させて愛液とザーメンにまみれた亀頭にしゃぶり付いてきた。ネットリと舌を這わせてヌメリを吸い取られると、

「く……、もういいです……」

京介はクネクネと腰をよじり、降参したように呻いた。

膣内に出したのにザーメンを吸入できず、彼女の心根を読めなかったのは残念だが時間がないので仕方がない。それに彼女が満足したことは、読み取らなくても分かっていた。

そう、たまには膣内にザーメンを残しておかなければ変に思われるかも知れない。

「じゃ、シャワーを浴びてきますから、自分のお部屋に戻りなさいね」

美紀子が言ってベッドを降りると、着替えを持って部屋を出て行った。

京介も呼吸を整えるとノロノロと身を起こし、身繕いをして向かいの自室に戻っていった。

そしてシャワーを浴び終えた美紀子が着替えて化粧を整え、彼の昼食の仕度だけ確認すると仕事に行ってしまった。

見送った京介は二階に戻り、余韻の中で何とか集中して机に向かったのだった。

第五章　二人がかりの淫祭

1

「急に呼び出して済まんな。勉強の方は進んでるか？」

駅前の喫茶店で、高校時代の悪友、山川雄司《やまかわゆうじ》が京介に言った。

昼食を終えた午後、京介が勉強しているとメールが入り、彼も雄司に会いたくなって駅前まで出向いてきたのである。

同級生の雄司は同じ学区だから、家も隣町にある。ただ彼は京都の大学で法律を学んでいるので、久々に帰省したようだ。

長身で、高校時代はテニス部で女子にはモテた。だから初体験も早く、京介にコンドームを分けてくれたのである。

大学に入った今も、手当たり次第に女子を相手にしているようだ。

モテるためサークルでテニスは続け、高卒後すぐに免許を取ってドライブも趣味になったらしい。

「ああ、勉強は進んでいる。来年は絶対に大丈夫だ」

「それならいい。今は勉強に集中して、童貞喪失は入学後でいいだろう」

京介が言うと、雄司がコーヒーをすすりながら答えた。

当然ながら雄司は、受験生の京介がまだ童貞だと思っているようだ。

しかし、すでに京介は、十代の美少女に二十代の女子大生に三十代後半の美熟女まで知り尽くしているのだ。むしろ同学年の女子しか知らない雄司よりも、多くの経験を積んでいるだろう。

もちろん京介は、美しい母娘が義母と義姉になったことも、面倒なので雄司には何も言わなかった。

「大学生になったら、まず合コンだ。風俗なんかで無駄な金は使うんじゃないぞ。必ず、させてくれる女性と会えるからな」

相変わらず雄司は、同級生なのに先輩風を吹かして言った。

「童貞なら、最初はお姉さんタイプが良いだろう。面倒見の良い人を選べば、一から全て教えてくれるし、何でも要求をきいてくれる」

雄司が言う。正に亜利沙のようなタイプを言っているのだ。

「まず、フェラで一回抜いた方が落ち着いて二回目が出来るぞ」

雄司が、順々に教えてくれていた。しかし京介は、中出ししたって吸い込めば何度でも出来るのである。

「生身を相手にしたら、やりたいことは山ほどあるだろう？　どんなことがしたい？」

「それは、爪先をしゃぶったり尻の穴を舐めたりしたい。しかもシャワーを浴びる前の匂いを知りたい」

京介が正直に言うと、雄司が驚いて目を丸くした。

「お、お前バカか。そんなところ舐める奴なんかいないぞ。シャワーを浴びたあとですら、俺は湿地帯の割れ目を舐めるのは好きじゃないんだ」

雄司が呆れたように言い、京介は心の中で、こいつとの付き合いは今日限りだと思った。

フェラはさせるくせに、女性の割れ目を舐めないなど男のクズである。

「だが、女性の足指と肛門を舐めるのは法律で決まってるだろう」

「そんな法律は聞いたことがない」

「オシッコだって飲んでみたいし」

「いやあ、伊原がそんな変態だったとは夢にも思わなかったな」

「変態じゃない。男に生まれて女の全てが好きなんだから正常だ」

京介はきっぱりと答えた。

すると雄司はコーヒーを飲み干し、話を変えるように身を乗り出した。

「ところで高校の同じクラスで、吉村真奈っていただろう。秀才でメガネっ子の」

「え……？　ああ……」

「俺、卒業間際に彼女に告白したんだ。付き合ってくれないかって」

「そ、それで……？」

「呆気なく断られた。他に好きな人がいるからってな。だから諦めた」

雄司が言い、まるで昨日のことのように残念そうに嘆息した。

いくらでも女子と懇《ねんご》ろになっているくせに、真奈にまで手を出されたら堪らないと京介は思った。

そこで京介は、一つぐらい奴より優位に立ちたくて口を開いた。

「実は真奈は、時間のあるとき僕の家庭教師に来てくれているんだ」

「なに……。じゃ、彼女が好きな男というのは、お前だったのか……」

「まあ、そういうことだ」

「そ、それは驚いた……。じゃ、もうやったのか」

「もちろんまだだ。来年合格してから正式に交際を申し込む」

「そんな、ストイックな……。勉強の合間に、少しぐらいしてくれるだろうに」

「いや、あくまで全ては合格してからだ」

京介は嘘を言い、彼もコーヒーを飲み干した。

真奈の心の中に、雄司から言い寄られた記憶はなかったので、彼女にしてみれば取るに足らない出来事だったのだろう。

やがて割り勘で支払い、喫茶店を出ると雄司とは駅前で別れ、京介は帰宅した。

夕方まで勉強を続け、帰ってきた母娘と三人で夕食。

その夜も何事もなかったが、自室に戻る間際に亜利沙が、

「明日、午後空けておいて。勉強の邪魔だろうけど、どうしても」

そう囁いてきた。

また美紀子のいない間に、昼間からしようというのだろう。京介も明日に期待し、その夜は大人しく寝たのだった。

そして翌日、朝食のあと美紀子と亜利沙は出かけていき、京介は昼まで勉強に専念した。

やがて一人で昼食を済ませ、そろそろ亜利沙が帰ってくるかと胸を高鳴らせ、彼はシャワーと歯磨きを済ませて待機していた。

すると間もなく亜利沙が戻ってきたが、何と一緒に真奈も入ってきたのである。

どうやら二人でランチしてから来たらしい。

「私の部屋に」

亜利沙が言うので、三人で彼女の部屋に入った。

「じゃ、脱いでね。今日は真奈にあれこれ教えながら、三人で楽しんでみたいの」

「え……？」

お喋りだけかと思っていただけに、彼は亜利沙の言葉に戸惑った。

しかし真奈もすっかり承知しているように、亜利沙と一緒に自分で服を脱ぎはじめたではないか。

（ほ、本当に三人で……？）

京介は驚きながらも、絶大な期待に激しく勃起してきた。

そういえば二人は女同士で戯《たわむ》れた経験もあるのだから、一人の男を二人で弄ぶ相談も簡単に成り立ったのだろう。

　まして真奈は、京介との体験も逐一亜利沙に報告していたので、いつしか実地に教え合う気持ちになってしまったようだった。

　どうやら真奈は、京介が亜利沙とも関係していることを知ったのだろう。

　それでも真奈は、亜利沙にだけは嫉妬するようなこともなく、彼は二人の共有物になったような興奮を覚えた。

　見る見る二人は肌を露わにし、室内に二人分の匂いが混じり合って立ち籠《こ》めた。

　どうやら冗談ではなさそうなので、京介も手早く全裸になると、先に義姉の体臭の沁み付いたベッドに横たわった。

　二人も、たちまち最後の一枚を脱ぎ去り、一糸まとわぬ姿でベッドに上ってきたのだった。真奈は全裸にメガネだけ掛けている。

「じゃ、まず二人で半分ずつ味わうので、京介はじっとしていてね」

　亜利沙が言い、京介もベッドの真ん中に仰向けになると、二人が左右から挟み付けてきた。

　胸を高鳴らせてじっとしていると、二人は両側から添い寝して顔を寄せ、申し合わせていたように、同時に彼の耳に歯を立ててきたのだ。

「あう……」耳たぶを嚙まれ、甘美な刺激に京介は呻いた。

二人は左右の耳元で熱い息を弾ませ、甘く嚙んでから耳の穴にも舌を潜り込ませて
「ああ、気持ちいい……」

京介は喘いだが、両耳が舌で塞がれているので、自分の声さえ遠くから聞こえるようだった。それぞれの穴で舌が蠢くと、クチュクチュと湿った音だけが聞こえ、頭の内部まで舐め回されている気がした。

やがて二人は京介の首筋を舐め降り、彼は息と舌の刺激に、首筋もかなり感じることが分かった。

そして二人は彼の左右の乳首にチュッと吸い付き、熱い息で肌をくすぐりながらチロチロと舐め回してくれた。

「ああ、嚙んで……」

京介が強い刺激を求めてせがむと、二人も綺麗な歯並びでキュッキュッと両の乳首を嚙んでくれた。

「あう、いい、もっと強く……」

痛み混じりの甘美な刺激にクネクネと悶えて言うと、さらに二人も強く嚙んでくれた。さらに脇腹も舌と歯で愛撫しながら下降していったので、京介は二人に全身を食べられていくような興奮に包まれた。

そして二人は、日頃から京介が女性にしているように、股間を避けるように腰から脚を舐め降りていったのである。

二人は厭わず彼の両足の裏を舐め、爪先にもしゃぶり付いてきたのだった。

2

「あう、いいよ、そんなこと……」

京介は申し訳ない快感を味わいながら遠慮して言ったが、亜利沙も真奈も順々に指の股にヌルッと舌を割り込ませていた。

別に彼のためではなく、自分たちが賞味したいからしているようだ。

彼は生温かなヌカルミを踏むような感覚を得ながら、それぞれの清潔な舌を爪先で摘んだ。

やがて爪先をしゃぶり尽くすと、二人は彼を大股開きにさせ、脚の内側を舐め上げてきた。

内腿にもキュッと歯が食い込み、そのたびに京介はビクリと反応した。

二人が頬を寄せ合い、股間に熱い息が籠もると、まず亜利沙が彼の両脚を浮かせ、尻の谷間を舐め回してくれた。

「く……！」

ヌルッと舌が潜り込むと、京介は妖しい快感に呻きながら、モグモグと美しい義姉の舌先を肛門で締め付けた。

亜利沙も舌を蠢かせてから離れると、すかさず真奈が同じように潜り込ませてくれた。立て続けだと、それぞれの舌の温もりや感触、蠢きが微妙に異なり、いかにも二人がかりでされているのが実感された。

何とも贅沢な快感である。

真奈が舌を離すと脚が下ろされ、二人は顔を寄せ合い、同時に陰嚢にしゃぶり付いてきた。

股間で熱い息が混じり合って籠もり、二つの睾丸が二人の舌に転がされ、袋全体は生温かなミックス唾液にまみれた。

そして二人は身を乗り出し、それぞれの舌で肉棒の裏側と側面をゆっくり舐め上げてきたのだ。

滑らかな舌が先端まで来ると、粘液の滲む尿道口を亜利沙がチロチロと舐め、離れると真奈が同じようにし、果ては二人一緒に張り詰めた亀頭を念入りに舐め回しはじめたのだ。

「アア……、気持ちいい……」

京介は夢のような快感に喘ぎ、ヒクヒクと幹を上下させた。

二人も、同性の舌が触れ合うことも抵抗がなく、一緒になって亀頭をしゃぶり、まるで美しい姉妹が一本のバナナを食べているかのようだった。

亜利沙がスッポリと含んで舌をからめ、吸い付きながらスポンと離すと、真奈が同じように呑み込んで吸い、チュパッと離し、それが交互に繰り返された。

もうどちらの口に含まれているか分からないほど、彼は快感に朦朧《もうろう》とし、急激に絶頂を迫らせた。

しかし、ここで射精したら吸入できず、一回分で終わりになってしまう。

もちろん相手が二人もいるのだから、回復力も倍加するだろうが、ここはやはり膣内射精で吸引回復し、ラストは口に出すのが望ましかった。

「ね、入れたい……」

彼が腰をよじって言うと、二人も顔を上げた。

「いいわ、その前に私たちを舐めて」

「じゃ、足から……」

亜利沙が言うのに答えると、二人は身を起こしてきた。そして仰向けのままでいる京介の顔の左右にスックと立ち、互いの身体を支え合いながら片方の足を浮かせ、彼の顔にそっと乗せてきたのである。

「ああ……」

これも実に贅沢な快感だった。

京介は二人分の足裏を顔中に受け、全裸の美女たちを真下から見上げた。

それぞれの健康的な脚が上に伸び、遥か高みから二人が彼を見下ろしていた。

見える割れ目は、どちらも蜜を溢れさせている。

彼は二人の足裏を舐め、指の間にも鼻を埋め込んで嗅いだ。

どちらも指の股は汗と脂に生ぬるくジットリと湿り、ムレムレの匂いが悩ましく沁み付いていた。しかも二人分だから濃厚で、まるで女子の下駄箱に顔を入れたような気になった。

爪先をしゃぶり、全ての指の股を舐めると、二人も足を交代してくれた。彼は新鮮な味と匂いを貪り尽くし、ようやく口を離した。

すると、やはり姉貴分の亜利沙が先に京介の顔に跨がり、和式トイレスタイルでしゃがみ込んできた。

鍛えられた長い脚がM字になると、白い内腿がムッチリと張り詰め、濡れた割れ目が鼻先に迫った。

京介は腰を抱き寄せ、恥毛に鼻を埋め込んで嗅いだ。蒸れた汗とオシッコの匂いが鼻腔を掻き回し、甘美な刺激で胸を満たしながら舌を這わせると、大量の愛液が溢れてきた。

滴るヌメリをすすり、大きく突き立ったクリトリスを舐め回すと、

「アア……、いい気持ち……」

亜利沙が熱く喘ぎ、キュッと割れ目を押し付けてきた。

真奈も、嫉妬する様子はなく、興奮に目をキラキラさせて彼が舐める様子を覗き込んでいた。

京介は義姉の味と匂いを堪能してから尻の真下に潜り込み、顔中に張りのある双丘を受け止めながら、レモンの先のように突き出た蕾の蒸れた匂いを嗅ぎ、舌を這わせてから潜り込ませた。

「あう……」

亜利沙が呻き、キュッと肛門で舌先を締め付けた。彼はヌルッと舌で滑らかな粘膜を探り、充分に蠢かせると彼女が腰を浮かせた。

「先に入れるわね」

亜利沙が言って彼の上を移動し、股間に跨がってきた。

同時に真奈が京介の顔に跨がり、二人ともゆっくりしゃがみ込んできたのだった。

真奈がしゃがみ込むと亜利沙の姿が見えなくなったが、彼自身はヌルヌルッと滑らかに、熱く濡れた肉壺に根元まで呑み込まれた。

「アアッ……!」

亜利沙の喘ぐ声が聞こえ、彼女はピッタリと股間を密着させながら、前にいる真奈にしがみついた。

彼も肉襞の摩擦と締め付けに包まれながら、鼻先に迫る美少女の割れ目に迫った。

淡い茂みに鼻を埋めて嗅ぐと、やはり汗とオシッコの蒸れた匂いに、可愛らしいチーズ臭が混じって鼻腔が掻き回された。

舌を這わせ、淡い酸味の蜜をすすり、息づく膣口から小粒のクリトリスまで舐め上げていくと、

「あん……、いい気持ち……」

真奈が喘ぎ、新たな蜜をトロリと漏らしてきた。

京介が美少女の味と匂いを貪っているうちにも、真奈の肩に両手を乗せた亜利沙が徐々に腰を動かしはじめた。

仰向けの彼の顔と股間に、美少女と美女が跨がっているというのも実に壮観な構図である。

「ああ、すぐいきそう……」

亜利沙が喘ぎ、リズミカルに腰を上下させると、微かにクチュクチュと淫らに湿った摩擦音が聞こえてきた。

真奈も、背後で亜利沙が感じているので、まるでそれが伝わるように蜜の量がヌラヌラと増した。京介は美少女のヌメリをすすり、味と匂いを貪ってから尻の真下に潜り込んでいった。

ひんやりした双丘を受け止め、谷間の蕾に鼻を埋めて蒸れた匂いを嗅ぎ、舌を這わせてヌルッと潜り込ませた。

「あう……」

真奈が呻き、モグモグと肛門で舌先を締め付けた。

その間も亜利沙が動き続け、彼も快感に任せてズンズンと股間を突き上げていた。収縮と潤いが最高潮になると、たちまち亜利沙がオルガスムスに達したようだ。

「い、いく……、アアーッ……！」

亜利沙が声を上ずらせ、ガクガクと激しい痙攣を開始した。

京介も、とびきりの美少女の前も後ろも貪っているから興奮が高まり、亜利沙の収縮に巻き込まれるように昇り詰めてしまった。

「く……！」

突き上がる快感に呻きながら、熱い大量のザーメンをドクンドクンと勢いよくほとばしらせると、

「ああ、気持ちいいわ……」

噴出を感じた亜利沙が喘ぎ、前にいる真奈にもたれかかった。

京介も快感の中、心置きなく最後の一滴まで出し尽くしていった。

満足しながら突き上げを止めると、亜利沙もグッタリと力を抜いた。すると真奈が彼の顔から股間を引き離した。

急に京介は、室内の空気がひんやりと感じられた。それだけ今まで、二人分の股間が顔に密着していたのである。

真奈が場所を空けたので、亜利沙がもたれかかってきた。

京介が気を込め、亜利沙の中に放ったザーメンを吸入すると、脱力感が消え去り、新たな淫気が湧いてきた。

そして、ザーメンと一緒に吸い込んだ亜利沙の愛液の情報を読み取ると、実にオルガスムス直後で取り留めのないものだったが、深い満足感が伝わってきた。

今は済んでいるから良いが、女性のオルガスムスの最中の快感が彼に流れ込んできたら、一体どうなるのだろうか。

出産の激痛を相殺《そうさい》するほどの快感というから、あるいは男がそれを受け止めたら即死してしまうかも知れない。

京介は思いながら、グッタリと添い寝する亜利沙の温もりに新たな興奮を得た。

3

「私も、こんなふうに感じられるのかな……」

満足げな亜利沙を見て、真奈が呟くように言った。

「感じるわよ、今日にでもすぐに……」

亜利沙が荒い息遣いを整えながら言い、妹分のため股間を引き離し、ゴロリと横になった。

「すごいわ、まだこんなに勃《た》って……」

真奈がペニスを見て言うと、

「本当、萎《な》えない子なのよね。すぐにも入れるといいわ」

呼吸を整えた亜利沙が答えた。すでに膣内にザーメンが残っていないことには、気づいていないのだろう。

真奈も身を起こし、仰向けの京介の股間に跨がった。そして先端に濡れた割れ目を押し当て、亜利沙の愛液にまみれたペニスを、ヌルヌルッと滑らかに根元まで受け入れていった。

「アアッ……！」

真奈が深々と真下から貫かれ、顔を仰け反らせて喘いだ。

京介も、亜利沙より熱くきつい膣内の感触を味わいながら、両手を伸ばして抱き寄せた。

真奈が身を重ねてきたので、彼は膝を立てて尻を支え、添い寝している亜利沙も抱き寄せ、贅沢な温もりに包まれた。

まだ動かず、彼は潜り込むようにして二人分の乳首を順々に吸った。

混じり合った体臭が生ぬるく顔中を包み、全ての乳首を舐め尽くし顔中で膨らみを味わうと、それぞれの腋の下にも鼻を埋めて嗅いだ。

どちらの腋も生ぬるくジットリと湿り、彼は胸を満たしながら、濃厚に甘ったるい汗の匂いに噎せ返った。

そして二人の顔を引き寄せて唇を重ねると、二人も舌を伸ばし、競い合うように彼の舌を舐め回してくれたのだ。

三人が鼻先を付き合わせて舌をからめると、二人分の息に鼻腔が湿り、顔中まで混じり合った息に濡れてきそうだった。

どちらの舌もヌラヌラと滑らかに蠢き、混じり合った唾液が生ぬるく彼の口に注がれた。

「もっと唾を出して……」

うっとり酔いしれながら言うと、二人もことさらに唾液を多く分泌させ、彼の口にトロトロと吐き出してくれた。

彼は小泡の多いミックスシロップを味わい、普段とは違う倍の量で喉を潤した。

ズンズンと股間を突き上げると、

「アァッ……！」

真奈が熱く喘ぎ、甘酸っぱい果実臭の息が鼻腔を刺激してきた。

亜利沙の顔も抱き寄せたまま吐息を嗅ぐと、こちらもいつもの花粉臭だ。そして昼食の名残で、どちらも淡いオニオン臭が混じり、悩ましい刺激となって鼻腔を掻き回した。

「顔中ヌルヌルにして……」

突き上げを強めながらせがむと、二人も彼の顔に舌を這わせてくれた。

両の鼻の穴も舐められ、瞼も頬も生温かな唾液にまみれた。舐めるというより、垂らした唾液を舌で塗り付ける感じで、たちまち彼の顔中がヌルヌルになり、混じり合った匂いに彼は激しく高まった。

「い、いく……、気持ちいい……！」

京介は絶頂の快感に全身を貫かれ、口走りながら熱いザーメンをドクンドクンと勢いよくほとばしらせてしまった。量も快感もさっきより多く、噴出が美少女の奥深い部分を直撃した。

「あ、熱いわ……、いい……、アァーッ……！」

たちまち真奈が声を上げ、ガクガクと狂おしい痙攣を開始したのだ。

どうやら、膣感覚による初のオルガスムスが得られたようだ。

亜利沙も妹分の絶頂を優しく見守り、真奈の背を撫でてやっていた。

京介は心地よい摩擦と、二人分の唾液と息の匂いに包まれながら、最後の一滴まで出し尽くしていった。

「ああ……」

声を洩らし、すっかり満足しながら京介は徐々に突き上げを弱めていった。

まだ膣内は収縮が繰り返され、幹が過敏にヒクヒクと内部で跳ね上がった。

京介は美少女の重みと温もりを受け止め、二人分の湿り気ある吐息を胸いっぱいに嗅ぎながら、うっとりと快感の余韻を味わったのだった。

真奈も肌の強ばりを解き、グッタリともたれかかっている。

「いけたのね、良かったわ。これからは、するたびにもっと良くなってくるわ」

亜利沙が、自分まで満足したように溜息混じりに言った。

やがて呼吸を整えながら、京介は気を込めて、膣内に放ったザーメンを吸入していった。

混じった愛液に真奈の思いが込められていたが、やはり内容は混沌として取り留めがなく、初のオルガスムスの感激と同時に、あまりに大きな快感に戦《おのの》く様子が伝わってきた。

半分気を失っていたように力を抜いていた真奈が、やがてノロノロと身を起こしはじめた。

「じゃ、シャワー浴びましょう」

亜利沙が言うので、三人はティッシュでの処理も省略して起き上がった。

何しろ二人の膣内に、ザーメンはほとんど残っていないのである。

三人で部屋を出ると階段を下り、まだフラつく真奈を京介が支えてやった。

脱衣所で真奈がメガネを外し、三人でバスルームに入ると、亜利沙がシャワーの湯を出した。

二人は股間を洗い流したが、あまり中にザーメンが残っていないことにも気づかないようだった。

もちろん真奈も、もう出血することもなく、亜利沙が言うように今後はどんどん快感が開発されることだろう。

「ね、僕の肩を両側から跨いで」

例により、京介が洗い場の床に座って言うと、二人も身を起こして左右から彼の肩に跨がり、股間を顔に突き出してきた。彼は左右の割れ目に顔を埋めて舌を這わせたが、やはり匂いの大部分は薄れてしまった。

「オシッコして……」

言うと二人も息を詰め、下腹に力を入れながら尿意を高めてくれた。

「あん、出るかしら……」

真奈は不安げに膝を震わせて言ったが、後れを取ると自分だけ注目されそうなので何とか亜利沙と同時に出すよう懸命に力んでいた。

京介は二人分への期待に胸を弾ませ、勃起しているペニスをヒクつかせて左右の割れ目を舐めた。

すると、やはり亜利沙の方が先に柔肉を蠢かせ、味わいと温もりを変化させた。

「あう、出るわ……」

息を詰めて短く言い、間もなくチョロチョロと熱い流れがほとばしってきた。

口に受けると、いつものように味も匂いも淡く、抵抗なく喉に流し込むことが出来た。勢いが増すと口から溢れ、肌を温かく伝ってきた。

「出ちゃう……」

すると、ようやく真奈がか細く言うなり、熱い流れを注ぎはじめてくれた。

そちらにも顔を向けて味わい、うっとりと喉を潤した。そちらも控えめな匂いで、清らかな流れである。

彼は二人分の温かなシャワーを浴びながら、我慢できないほど興奮を高めた。

どちらも淡い匂いだが、二人分が混じり合うと鼻腔が濃厚に刺激された。

「ああ、もう終わりよ……」

亜利沙が吐息混じりに言うと流れが治まり、あとはポタポタと余りの雫が滴るばかりとなった。

真奈もあまり溜まっていなかったか、ほぼ同時に出しきって雫を垂らした。

そのどちらにも新たな愛液が雫に混じり、ツツーッと糸を引いて滴った。

二人分の残り香の中で、交互に割れ目を舐めると、たちまち淡い酸味のヌメリが内部に満ちていった。

この分では、エンドレスで二人と交わることになるのではないだろうか。

それでも吸入できるから、京介にとっては願ってもないことである。

「も、もうダメ……」

感じすぎたように真奈が言い、ビクッと腰を引っ込めたので、亜利沙も離れてシャワーを出した。

もう一度三人で浴び、身体を拭いてバスルームを出て、真奈はメガネを掛けた。

そして二階の部屋に戻り、亜利沙が勃起したペニスを見て呆れたように言った。

「本当に、いつでも勃っているのね」

「済みません。二人もいるので……」

京介が答えると、そのとき着信音が鳴り、亜利沙がスマホを手にした。

4

「ママからＬＩＮＥで、今夜は料理教室で夕食会らしいわ。だからご飯の仕度が出来ないので、一緒に外へ出て夕食しないかって」

亜利沙が言う。もちろん京介に否やはない。

「真奈も大丈夫？　一緒に食事しましょう」

亜利沙が誘うと、真奈も応じた。どうやら両親とも今夜は遅く、一人で夕食を済ませるよう言われていたようだ。

「じゃ真奈も一緒だと、ママにＬＩＮＥしておくね」

亜利沙がそう言ってすぐに送信すると、いくらも待たず美紀子からもＯＫの返信が来て、時間と場所が指定された。

すでに、日が傾きはじめている。

「延々としようと思ったけど、時間がないのであと一回ね。京介はどういきたい？」

スマホをしまいながら亜利沙が訊いてきたので、

「で、出来れば二人にお口でしてほしい……」

「いいわ」

京介がそう言うと、すぐ亜利沙も答え、それでいいかと真奈の方を向いたが、彼女も頷いた。真奈も、あまりに激しい膣感覚のオルガスムスだったので、立て続けは気が引けるのだろう。

「いきそうになるまで指でして」

京介が言ってベッドに仰向けになると、二人も両側から挟むように添い寝し、指でペニスを愛撫し、陰嚢も指先でサワサワとくすぐってくれた。

顔を抱き寄せると、また二人も厭わず唇を寄せ、三人で舌をからめた。

京介は二人分の唾液をすすり、混じり合った濃厚な息の匂いで胸を満たし、指の愛撫にジワジワと絶頂を迫らせた。

何しろ二人の膣内に、すでに一回ずつ射精しているのだが、京介にしてみればまだ一度もしていないのと同じ淫気と興奮に包まれているのである。射精快感への渇望に、すぐにも果てそうになってしまった。

「い、いきそう。こうして……」

言うと二人も移動し、彼に言われた通り二人でペニスに顔を迫らせ、四つん這いになって彼の方に尻を向けてくれた。

左右に二人の形良い尻が突き出され、同時に二人が亀頭にしゃぶり付いた。

京介は快感に身を任せながら、両手を伸ばし、それぞれの尻を撫で、濡れた割れ目を指先でいじった。

さらに、両の人差し指にたっぷりと愛液を付けると、それを二人の尻の蕾にゆっくり潜り込ませていった。

「ク……」

「ンン……」

亜利沙も真奈も肛門に指を入れられ、呻きながらペニスをしゃぶり、モグモグと指を締め付けてきた。

彼は根元まで潜り込ませて滑らかな内壁をいじりながら、親指を膣口に差し入れ、間の肉をキュッキュッと摘んだ。まるで二つの柔らかなボウリングの球の穴に、両手の指を入れているようだ。

ローターを入れたことのある亜利沙の蕾の中は指が動きやすく、さすがに真奈の蕾は締め付けがきつく、指が痺れそうだった。

「あう、ダメ、集中できないわ……」

亜利沙が顔を上げて言うので、京介も仕方なく二人の前後の穴からそれぞれの指を引き抜いた。

「ああッ……」

指が離れると二人は声を洩らし、

「じゃ、真奈はこうして。私はこうするので」

打ち合わせながら体位を変えてきた。

京介の意見など聞かず、全て二人だけで決めるので、彼は自分が二人の快楽の道具にされているような興奮が湧いた。

そして真奈がペニスにしゃぶり付き、シックスナインで彼の顔に跨がった。

亜利沙は彼の両脚を浮かせ、真奈と一緒に幹を舐めては、陰嚢や肛門を舐めてくれたのだ。

「アア、気持ちいい……」

京介は妖しい快感に喘ぎ、顔の上にある美少女の割れ目と肛門を見上げた。

舐めると、また集中出来ないと言われそうなので、見るだけにした。

真奈はスッポリと喉の奥まで呑み込んで吸い付き、舌をからめてはスポスポと摩擦してくれた。

亜利沙は京介の肛門にヌルッと舌を潜り込ませ、出し入れさせるようにクチュクチュと執拗に蠢かせた。

二人の熱い鼻息が混じり、陰嚢を心地よくくすぐった。快感の中心部が美少女にしゃぶられ、義姉の舌に肛門を犯されているのである。

京介が、二人の肛門に潜り込んでいた両手の人差し指を嗅ぐと、汚れの付着はなく爪にも曇りはないが、どちらも生々しいビネガー臭が感じられ、ゾクゾクと激しく興奮が高まった。

どんな美女でも、やはり生身で排泄もしているのである。

「ああ、いく、気持ちいい……！」

たちまち彼は昇り詰め、激しすぎる快感に声を洩らした。そして亜利沙の舌をキュッキュッと肛門できつく締め付けながら、ありったけの熱いザーメンをドクンドクンと真奈の口の中に勢いよくほとばしらせた。

「ンンッ……！」

喉の奥を直撃された真奈が、噎せそうになって呻き、軽く歯が当たったが、それも心地よい刺激となった。

三度目の射精だが、初回以上の快感があり、ザーメンの量も多かった。

真奈も噴出を受け止めながら口は離さず、なおも吸引と舌の蠢き、口によるピストン運動を続けてくれた。

亜利沙のようなバキュームフェラではないが、何しろ清らかな美少女の口を汚すという快感が加わっていた。

脈打つように射精し、彼は心ゆくまで快感を嚙み締めると、最後の一滴まで出し尽くしていった。

「ああ……、すごかった……」

全身の硬直を解いた京介は、満足げに吐息混じりに声を洩らし、グッタリと身を投げ出していった。

ようやく亜利沙が舌を引き抜いて、彼の脚を下ろした。

真奈も動きを止めると、亀頭を含んだまま口に溜まった大量のザーメンを何度かに分けてコクンと飲み下した。

そのたび口腔が締まり、彼は駄目押しの快感に幹を震わせた。

やがて真奈がチュパッと口を離すと、すかさず亜利沙が亀頭を含み、クチュクチュと尿道口を舐め回し、余りの雫まで吸い取ってくれた。

「あうう、も、もういい……」

京介は腰をくねらせて呻き、ヒクヒクと幹を過敏に跳ね上げた。

やがて二人は作業を終えると移動し、京介の呼吸が整うまで左右から添い寝してくれた。

彼は柔肌でサンドイッチにされ、温もりに包まれながら、二人のかぐわしい吐息を嗅がせてもらい、うっとりと余韻を味わった。

「さあ、もう充分でしょう。シャワー浴びるわ。京介はちゃんと手も洗ってね」

亜利沙が言う。

やはり肛門に深く指を入れられたことが気になっているのだろう。

先に二人が部屋を出て階段を下りると、京介も充分に余韻を噛み締めてから身を起こした。

3Pなど、今度はいつ出来るのだろうか。いかに吸入という特異体質でも、エンドレスとなると辛いかも知れない。

やがて京介も部屋を出てバスルームに行き、籠もる二人分の匂いを味わいながら全身を流した。

そして身体を拭くと二階に戻り、三人は身繕いをしてリビングに降りた。

「まだ少し時間があるわね。コーヒーでも淹れましょうか」

亜利沙が言い、手早く仕度をするのを真奈が手伝い、京介はソファでノンビリとキッチンにいる二人の様子を眺めた。

美紀子が予約した駅近くのレストランは、京介が、京一郎や母娘と顔合わせで集まった店である。

さすがに今日は、料理の味も分かるだろうと彼は思った。

やがて二人がコーヒーを運んできて、出かける時間まで三人で過ごした。

「三人でするのも、気分が変わっていいわね。真奈は嫌じゃなかった？」

「ええ、亜利沙さんなら大丈夫です」

亜利沙が言い、真奈も初めての激しい快感を思い出したように笑窪の浮かぶ頬を染めて答えた。

真奈はスマホを取り出し、今夜は伊原家にご馳走になると、正直に母親に送信したらしい。どうやら真奈の母親も、大学で亜利沙に世話になっていることは聞いているのだろう。

そして時間になると、戸締まりをして三人は駅へと向かったのだった。

5

レストランに着くと、三人は四人掛けのテーブル席に案内された。コース料理なので、先に飲み物だけ頼むことにした。

亜利沙は生ビールで、京介と真奈は烏龍《ウーロン》茶だ。

そして乾杯して飲みはじめると、間もなく美紀子がやってきたので、亜利沙と京介が、真奈のことを美紀子に紹介した。席は、京介と真奈が隣同士、向かいに母娘が並んで座った。

料理教室の夕食会は、作ったものを囲んで品評していたようだが、美紀子は途中で抜け出してきたのだろう。彼女も生ビールを頼んだ。

やがて順々に料理が運ばれてくると、

「あーっ……」

素《す》っ頓狂《とんきょう》な声が聞こえ、見ると、目を丸くした雄司がこちらの席に近づいてきたではないか。

どうやら彼も、帰省中なので両親と外食に出てきたらしい。奥の席には、雄司の両親らしき人が座り、こちらを窺っている。

雄司は三人兄弟の末っ子で、すでに二人の兄は独立していた。だから彼の両親は、美紀子よりずっと年上で初老という感じである。

「山川君……」

真奈が驚いて言うと、近づいた雄司が四人を見回した。

「伊原と吉村が一緒で、こちらの美女たちは……？」

雄司が言うと、

「高校の同級生かしら。私は京介さんの母親で」

「私は姉です」

美紀子と亜利沙がにこやかに言った。

「そ、そんな……」

雄司は、母娘の美貌に絶句していた。彼とは家まで行き来するような仲ではなかったので家族構成は知らず、雄司が知っているのは京介の父親が大学の准教授ということぐらいのはずである。

「や、山川雄司です。おい伊原、ちょっと……」

雄司は母娘に挨拶だけすると、京介の袖を引っ張った。

彼も立ち上がり、中座してエントランスに行った。

「お、お前にあんな綺麗で若い母親がいたのか。姉まで……」

「父の後妻と連れ子だ。最近家族になった」

「そ、そうだったのか……、じゃ血は繋がっていないんだな。それなら、洗濯機の下着なんか嗅ぎ放題じゃないか」

雄司が目をキラキラさせて言う。

「お前、割れ目を舐めるのも嫌いだったんじゃないか」

「童貞の頃は何でもありだろう。法律で決まってる。それで、嗅いで抜いてるのか」

「そんなことは、最初のうちだけだ」

「ああ、そおかあ、やっぱり嗅ぐよな。しかも、最初のうちと言うことは、すっかり飽きるほど味わったということか……」

雄司が羨ましそうに言うので、こいつとの付き合いは続けても良いかなと京介は思ったのだった。

「何だか、俺よりも受験生のお前の方がリアルに充実している気がするぜ。吉村とも家族付き合いみたいだし……」

雄司は敗北感を浮かべて言い、

「俺は明日京都へ帰るからな。じゃ、またな」

そのまま自分の両親の席の方へ行った。

京介も自分の席に戻ると、

「いい男だけど、なんか薄っぺらで軽い感じね」

亜利沙が雄司を評して言い、真奈も頷いていた。もちろん席がだいぶ離れているので、雄司やその両親に話を聞かれることはない。

「うん、あいつ高校時代はテニス部でモテたんだ」

京介は答えたが、真奈は何も言わないので、雄司から告白されたなどという僅かな遣り取りなど完全に記憶から消し去っているようだ。

やがて京介も皆と一緒に食事をはじめた。

三人の女性との会食でも、徐々に緊張せず味わえるようになっているので、やはり多くの体験で成長しているのだろう。

美紀子は、最初から真奈が気に入ったように、何かと話しかけていた。真奈が一人だけ家族以外だから気遣っているのだろう。

真奈も、にこやかに受け答えしていた。

まさか、この三人で濃厚な複数プレイをしたなど美紀子は夢にも思わないだろう。

「そろそろ京一郎さんが帰ってくるわ」

話が一段落すると、美紀子が言った。

そう、あと数日で父が欧州の出張を終えて帰宅するのだ。

そうなると、今までのような生活とは一変するかも知れない。

もっとも京一郎は、平日は帰りが遅いし、土日も出ることが多いので、それほど今までと変わりないだろうが、やはり夫婦揃って暮らせば、美紀子もそうそうさせてくれなくなるのではないか。

美紀子も二階ではなく、階下の仏間で京一郎と寝るようになるかも知れない。

まあ、それならそれで亜利沙とは自由に出来そうだ。あとは京一郎が戻ってから、徐々に生活パターンも落ち着いてくることだろう。

京介は、本を借りるため何かと父の書斎に出入りしていた。そして先日は、亡母に関する記録でもないかと探したことがあった。

しかし、テレパスに関する資料はなく、あくまで一般的な異常心理学や超心理学の本が並んでいるだけである。

京一郎は、妻の超能力については何も記していなかった。

あるいは、何か記録を残そうと探りを入れても、全て妻に心を読み取られてしまうので怖かったのかも知れない。

そして亡母自身の日記のようなものも、一切残っていなかったのだ。

だからテレパスに関することは何一つ分からず、亡妻の思い出は全て京一郎の胸の中にあるだけなのだろう。

「空港に、出迎えは要らないって言っていたわ。大学の人たちと移動して、その日は遅くなるというので、歓迎会は翌日にすることにしましょう」

美紀子が言い、亜利沙はビールから赤ワインに切り替えていた。

「なんかパパが帰ってきても、家は寝るだけみたいね。私たちは大学で顔を合わせられるけど」

亜利沙が言うと、真奈も頷いた。

ドライな亜利沙は、すでに京一郎をパパと呼んでいるようだ。

もちろん大学では先生と呼んでいるだろうが、そんな切り替えも、楽しげにしているに違いない。

「じゃ、今まで京介はほとんど一人暮らしと同じだったのね」

亜利沙が言う。

「うん、祖父母が死んでからは、ずっと気楽に暮らしていたよ」

「それなのに、急に家族が増えて煩《わずら》わしいでしょう」

「そんなことないよ。賑やかで嬉しい」

京介が答えると、やがてメインディッシュが運ばれてきた。

あとは皆でステーキを食べて、デザートのスイーツとコーヒーも済ませた。

「じゃ、そろそろ出ましょうか」

美紀子が、カードで支払いを終えて言うと一同は席を立った。

京介は、まだ食事している雄司に手を振り、彼の両親にも会釈だけして、四人で店を出た。

まだ早い時間だし、真奈は一人で帰るというので駅前で別れ、三人は帰宅したのだった。

順々に入浴し、京介は自室に戻った。

亜利沙は、だいぶ飲んだので今夜は大人しく寝るようだ。まあ昼間にあれだけ快感を得たのだから、今日はもう充分なのだろう。

美紀子も階下の戸締まりを終え、灯りを消して二階の部屋に戻ったらしい。

彼は少しだけ机に向かったが、あまり集中できなかったので、やがて灯りを消し、ベッドに横になった。

（そうか、父が帰ってくるのか……）

当たり前のことを思ったが、何しろ今まで目眩《めくるめ》く日々を送ってきたのだから、唯一血の繋がった京一郎だけが何やら煩わしく感じられた。

父が戻ったら、テレパスのことを聞いてみたかったが、どのように切り出すか考えた方が良さそうだ。

京一郎から、そのような話題は今まで一度も出なかったのだから、京介が急に言い出したら、何か能力に目覚めたと勘繰られてしまうかも知れない。

まあ、何か機会がやってくるまで、亡母やテレパスのことは何も言わない方が良さそうだった。

やがて京介は睡りに落ち、翌朝は七時に目を覚ました。

着替えて階下に行くと、美紀子が朝食の仕度を終えたところだった。

「亜利沙はまだ寝てるわ。今日は昼からだって。ゆうべだいぶワインを飲んだので、今朝はジョギングも休むらしいわ」

美紀子が言い、京介が食事を終えると彼女は出勤していった。

彼はゆっくり茶を飲み、やがてシャワーを浴びて歯磨きを済ませると、二階へ上がっていった。

昼まで亜利沙がいるとなると、急激に淫気を催したのだ。もちろん一晩ぐっすり眠り、すっかり体力は回復している。

昨日は三人で夢のような体験をしたが、それは年一度の祭のようなもので、スポーツの手合わせのような明るさがあった。

やはり本来の秘め事は、男女が密室で一対一で淫靡に行うものなのだろう。

そう思い、京介は亜利沙の部屋のドアを軽くノックしたのだった。

第六章　熟れ肌に包まれて

1

「誰……、京介……？」

応答があったので、京介はそっとドアを開けた。

「起こしてごめんね」

「いいわ、ママは出たのね。じゃ入って」

亜利沙が横になったまま気怠《けだる》げに言う。許しが出たので、京介も勃起しながら中に入った。

彼女は仰向けのまま、彼を迎え入れるように薄掛けを剝いだ。

蒸し暑かったからか、ショーツ一枚だけの姿で、室内には一晩中の彼女の寝息や体臭が悩ましく立ち籠めていた。

京介も手早く全裸になり、甘えるように添い寝して義姉に腕枕してもらった。

すると亜利沙も急激に催したように、腰を浮かせて自分で最後の一枚を脱ぎ去ってしまった。

「昨日はすごかったわね。でも真奈は可愛いけど、やっぱりたまにするからいいんだわ。二人きりの方がドキドキするわね」

亜利沙は京介を胸に抱きながら、彼と同じ考えを述べた。

腋の下からは濃厚に甘ったるい汗の匂いが漂い、亜利沙の吐息は寝起きということもあっていつになく濃厚で、花粉臭にワインの香気や淡いガーリック臭など、悩ましくブレンドされて彼の鼻腔を刺激した。

「ゆうべ、面倒になってお風呂も歯磨きもせず寝ちゃったわ。匂うかも知れない」

「ううん、姉さんの匂いなら全部好きだから」

「そんな可愛いこと言われたら、完全に目が覚めたわ。ジョギングの代わりに運動しないと……」

亜利沙も淫気に火が点いたように言い、京介は義姉の生ぬるく湿った腋の下に鼻を埋め、濃く甘ったるい汗の匂いに酔いしれながら乳房に手を這わせた。

「ああ、いい気持ち……」

亜利沙がクネクネと身悶えて喘ぎ、彼も胸を満たしてからチュッと乳首に吸い付いて舌で転がした。彼女も腕枕を解いて仰向けの受け身体勢になったので、京介はのしかかり、左右の乳首を交互に貪った。

彼は充分に両の乳首と膨らみを味わい、もう一度腋の下に鼻を埋めて濃厚な体臭を嗅いでから、引き締まった肌を舐め降りていった。

腹筋の浮かぶ腹を舐め回して臍を探り、腰からスラリとした脚をたどっていった。逞しい足裏を舐め、太くしっかりした足指に鼻を割り込ませると、やはり今までで一番濃く蒸れた匂いが沁み付いていた。

京介は義姉のムレムレの匂いを貪って鼻腔を刺激され、爪先にしゃぶり付いて舌を挿し入れ、汗と脂にジットリ湿った指の股を順々に味わっていった。

「アア……、くすぐったくて、気持ちいいわ……」

亜利沙が熱く喘ぎ、指先でキュッと舌を挟み付けた。

両足とも味と匂いを貪り尽くすと、彼は股を開かせ、亜利沙の脚の内側を舐め上げていった。

ムッチリと張りのある内腿をたどり、熱気と湿り気の籠もる股間に迫った。

先に京介は彼女の両脚を浮かせ、尻の谷間から味わいはじめた。

レモンの先のように艶めかしく突き出た蕾に鼻を埋め、蒸れた匂いを嗅いでから舌を這わせ、ヌルッと潜り込ませて滑らかな粘膜を探った。

「あう……、もっと深く……」

ローター挿入で慣れている亜利沙が呻き、浮かせた脚を震わせながら肛門で舌先を締め付けた。

京介も精一杯深く潜り込ませ、甘苦い粘膜を味わい、舌を出し入れさせるように蠢かせた。すると鼻先の割れ目から、ヌラヌラと大量の愛液が溢れ、ようやく彼は脚を下ろして舌を移動させた。

襞の入り組む膣口をクチュクチュ掻き回し、茂みに鼻を埋め込んで濃厚に蒸れた汗とオシッコの匂いを貪った。

そしてヌメリを掬《すく》い取りながら、親指の先ほどもある大きなクリトリスまで舐め上げていくと、

「アアッ……、いい……！」

亜利沙が激しく喘ぎ、キュッときつく内腿で彼の顔を挟み付けてきた。

引き締まった下腹がヒクヒクと波打ち、彼は匂いに酔いしれながら舌を這わせた。

乳首を吸うようにクリトリスを吸引し、溢れるヌメリをすすりながら膣口に指を潜り込ませ、小刻みに内壁を擦った。

「ああ、ダメ、いきそうよ、待って……！」

絶頂を迫らせた亜利沙が切羽詰まったような声を上げ、身を起こしてきた。

早々と果てるのが惜しいのだろう。

京介も股間を這い出して仰向けになると、入れ替わりに彼女が上になって移動してきた。

大股開きになった彼の股間に腹這い、屹立《きつりつ》した先端に顔を迫らせた。

舌を這わせ、粘液の滲む尿道口をチロチロと舐め回し、そのままスッポリと喉の奥まで呑み込んでいった。

「ああ、気持ちいい……」

京介は、根元まで熱く濡れた口腔に含まれて快感に喘いだ。

亜利沙は幹を丸く締め付けて吸い、熱い鼻息で恥毛をくすぐりながらネットリと舌をからめてくれた。彼がズンズンと股間を突き上げると、

「ンン……」

亜利沙も熱く呻きながら顔を上下させ、スポスポと強烈な摩擦を開始してくれた。

　しかし彼が危うくなる前に、彼女は充分に唾液でぬめらせると、自分からスポンと口を離した。

「いい？」

　言いながら彼の上を這い上がり、股間に跨がってきた。

　そして幹に指を添えて先端に割れ目を擦り付け、位置を定めると息を詰めてゆっくり腰を沈み込ませていった。

　たちまち彼自身は、ヌルヌルッと滑らかに根元まで義姉の肉壺に嵌まり込んだ。

「アア……、いいわ……」

　ピッタリと股間を密着させると、彼女は京介の胸に両手を突いて上体を反らせ、喘ぎながらキュッキュッときつく締め上げた。

　そして身を重ねてきたので彼も両手で抱き留め、膝を立てて蠢く尻を支えた。

　彼女も京介の肩に腕を回し、完全に肌を密着させてのしかかった。

　顔を抱き寄せて唇を重ねると、亜利沙もヌルリと舌を潜り込ませ、チロチロと執拗に絡み付けてくれた。

　流れ込む生温かな唾液でうっとりと喉を鳴らすと、彼女もことさら多めにトロトロと注ぎ込んできた。

待ち切れないように亜利沙が腰を動かしはじめると、京介もズンズンと股間を突き上げ、何とも心地よい肉襞の摩擦と温もりに高まった。

「ああ……、いきそうよ……」

口を離して亜利沙が喘ぎ、収縮と潤いを増していった。

熱く湿り気ある、濃厚な吐息を嗅ぐたび胸が甘美な悦びに満たされ、彼は義姉の喘ぐ口に鼻を押し込んで突き上げを強めた。

「ああ、いい匂い……」

「寝起きだし、絶対にいい匂いじゃないと思うんだけどな……」

彼が吐息を嗅ぎながら喘ぐと、亜利沙は答えたものの、彼の勃起と幹の震えが伝わるので本当に悦んでいることが分かり、熱い息を惜しみなく吐きかけてくれた。

京介は、匂いの刺激が濃いほど、まるで無理矢理犯されているような興奮に包まれるのだった。

そして彼は間近に迫る義姉の鼻の穴を見上げて胸を満たしながら、たちまち絶頂を迫らせていった。

すると先に、亜利沙の方がガクガクと狂おしいオルガスムスの痙攣を開始したのだった。

「い、いく……、アアーッ……！」

声を上ずらせ、収縮を高めながら彼女は京介の上で乱れに乱れた。

同時に彼も、大きな絶頂の快感に全身を貫かれ、

「ああッ……！」

声を洩らしながら、熱い大量のザーメンをドクンドクンと勢いよくほとばしらせてしまった。

「あう、もっと出して……」

奥深い部分を直撃された亜利沙が、駄目押しの快感に身悶えながら口走った。

京介は収縮の増した膣内で心ゆくまで快感を味わい、最後の一滴まで出し尽くしていった。

そして満足しながら突き上げを弱めていくと、亜利沙も力尽きたように肌の硬直を解き、グッタリと体重を預けてきた。

まだ息づく膣内で、ヒクヒクと幹が過敏に震え、彼は義姉の濃厚な吐息を胸いっぱいに嗅ぎながら、うっとりと余韻を味わった。

やがて完全に動きを止め、重みと温もりを味わうと、彼は気を込めて中に放出したザーメンを吸入していった。

混じって入り込む愛液が、亜利沙の心の中を伝えてきた。

やはりそれは快感の余韻で言葉にならず混沌とし、深い満足感と義弟への愛着だけが含まれているようだ。そして、

『パパが帰ってからも、こうした暮らしが出来るのかしら……』

という想念が流れ込み、亜利沙も家族四人になってからの生活に、不安混じりの思いを馳せているようだった……。

2

亜利沙が身を起こし、シャワーを浴びに行ったので、京介も立て続けの射精はせず身繕いをした。亜利沙の出かける時間が迫ってきたので、彼は二回目を断念したのである。

シャワーから亜利沙が戻ると、彼女のスマホが鳴った。

「真奈からＬＩＮＥだわ。明日の晩、私に泊まりに来ないかって」

亜利沙が言い、手早く返信をした。

どうやら、中学教師をしている真奈の両親が、修学旅行の下見のため二人とも不在

になるらしい。

京介は、自分も行きたいなと思ったが、やはり美紀子一人を残すことに気が引けるし、真奈の家に泊まりに行くことを美紀子に言うわけにはいかないだろう。

そして真奈の家でまた３Ｐをするより、彼は美紀子と二人きりの明晩の方が楽しみになった。

しかも明後日の夜には、京一郎が帰宅する予定なのである。

やがて二人で昼食を済ませると、亜利沙は歯磨きをしてから、車で大学へと出て行った。

京介は二階の自室に戻り、机に向かったが真奈からのＬＩＮＥが入り、午後が空いたのでこれから来るという。

もちろん彼は快諾の返信をし、早くも股間が熱くなってきた。

何しろ午前中に亜利沙としたが、吸入したので、まだ一回も射精していないほどの淫気が溜まっているのである。

理想的な展開に、彼はシャワーと歯磨きを済ませて待機した。

そう、やはり気持ちが分散してしまう３Ｐより、一人ずつ順々に相手にした方が贅沢というものである。

間もなく真奈が来たので、京介はいそいそと部屋に招き入れた。

やはり相手が変わると、気分もリセットされて淫気百倍になった。

「明日の夜、姉さんが泊まりに行くんだって？」

「そうなの、私一人きりになってしまうので」

訊くと、真奈が答えた。

両親の勤める中学は別で、たまたま修学旅行の下見が重なったらしい。ただ日程が僅かにずれているので、二親とも不在になるのが明晩だけのようだ。

「僕も行きたいけど、義母が一人になっちゃうから」

「ええ、女同士でゆっくり過ごすわ」

真奈が言い、もちろん京介と美紀子との関係は何も疑っていないようである。

「それより、勉強しましょう」

「うん……」

言われて、京介は可憐なメガネ美少女を前に、激しく勃起しながら我慢して机に向かった。

やはり来てもらっている以上、少しは勉強しないとならない。

英文の問題集にかかると、また真奈が肩越しにあれこれ教えてくれた。

たまに背に当たる胸の膨らみと、鼻腔を刺激する甘酸っぱい吐息に集中力が削がれるが、とにかく小一時間は辛抱して問題に向かった。

やがて一段落すると、京介は顔を上げた。

「さあ、じゃ今日はこれぐらいでいいや」

言うと、真奈も彼の背から離れた。

「じゃ、脱いでね」

彼が言いながら自分から脱ぎはじめると、真奈もスイッチを切り替えたように素直に脱いでくれた。

たちまち互いに全裸になってベッドに行き、メガネだけ掛けたままの彼女を仰向けにさせた。

セーラー服でも着せようかと思ったが、何しろ気が急いて早く貪りたい。亜利沙としたとはいえ、一回分以上のザーメンではち切れそうになっているのだ。

京介は美少女の足裏に屈み込み、舌を這わせて指先に鼻を押し当てた。

「あん……」

思いがけない場所から舐められて、真奈が戸惑ったように声を洩らしたが、もちろん拒みはしない。

彼も、好きなところから賞味したかった。

指の股は、やはり生ぬるい汗と脂に湿り、ムレムレの匂いが沁み付いて悩ましく鼻腔が掻き回された。

京介は美少女の足の匂いを貪り、両足とも全ての指の股をしゃぶり尽くした。

そして大股開きにさせ、脚の内側を舐め上げ、ムッチリとした白い内腿をたどって股間に迫った。

昼前にも亜利沙にしたことだが、やはり相手が変わると気分も新鮮である。

割れ目に目を凝らすと、はみ出した花びらはすでに蜜を宿しはじめている。

指で陰唇を広げると、快感に目覚めたばかりの膣口が可憐に息づいていた。

やはり真奈も、亜利沙がおらず彼と一対一で、大きな膣感覚のオルガスムスが得たいのだろう。

ぷっくりした若草の丘に鼻を埋め込んで擦り付け、隅々に籠もる汗とオシッコの蒸れた匂いを嗅ぎながら、陰唇の内側に舌を挿し入れた。

膣口の襞をクチュクチュ掻き回し、生ぬるいヌメリを味わいながら小粒のクリトリスまで舐め上げていくと、

「アアッ……！」

真奈がビクッと身を強ばらせて喘いだ。

チロチロと小刻みに舌先で愛撫しては蜜をすすり、味と匂いを堪能すると、彼は真奈の両脚を浮かせて尻の谷間に迫った。

ひっそり閉じられた薄桃色の蕾に鼻を埋め込むと、蒸れた匂いが胸に沁み込み、双丘の丸みが心地よく顔中に密着した。

充分に濡らしてからヌルッと潜り込ませ、滑らかな粘膜を味わった。

「あう……、そこダメ……」

真奈が呻き、モグモグと肛門で舌先を締め付けた。

やがて彼は脚を下ろし、滑らかな肌を舐め上げて乳房に顔を埋めた。

両の乳首を順々に含んで舐め回し、張りのある膨らみを顔中で味わった。腋の下にも鼻を埋め込み、甘ったるく可愛らしい汗の匂いで胸を満たし、やがて彼は添い寝していった。

すると真奈も心得、今度は自分が上になって彼の股間に陣取った。

京介が両脚を浮かせると、真奈もまず彼の尻の谷間に舌を這わせはじめてくれた。

すると、すぐに顔を上げ、

「ずるいわ、自分ばっかりシャワーを浴びたあとで」

ボディソープの香りでも感じたか、真奈が詰るように言った。

「うん、でも真奈のナマの匂いが何より好きだから」

「匂い、した？」

「少しだけ」

彼が言うと真奈は羞恥に息を震わせ、再び舌を這わせた。そしてヌルッと潜り込ませてくれたので、京介は美少女の舌先をキュッと肛門で締め付けた。

快感を味わい、気が済んだように脚を下ろすと、真奈も陰嚢をしゃぶり、二つの睾丸を舌で転がしてくれた。

せがむように幹を上下させると、真奈も前進し、肉棒の裏側をゆっくり舐め上げてきた。

「ああ、気持ちいい……」

滑らかな舌を感じながら京介が喘ぐと、真奈は先端まで舌を這わせ、粘液の滲む尿道口をチロチロと探り、そのままスッポリと喉の奥まで呑み込んでくれた。

温かく濡れた美少女の口に根元まで納まり、彼は唾液にまみれた幹をヒクヒクと震わせた。

「ンン……」

真奈は熱い鼻息で恥毛をくすぐり、小さく鼻を鳴らしながら舌をからめ、スポスポと小刻みに摩擦してくれた。

彼もズンズンと股間を突き上げると、真奈は喉の奥を刺激されるたびに新たな唾液を溢れさせ、陰嚢の脇を伝い流れて肛門の方まで生温かく濡らした。

「い、いきそう、跨いで入れて……」

すっかり高まった京介が言うと、真奈もチュパッと口を離し、身を起こして前進してきた。そして仰向けの彼の股間に跨がると、幹に指を添え、もう片方の手で自ら陰唇を広げ、先端を膣口にあてがった。

やがて息を詰めて座り込むと、たちまち彼自身はヌルヌルッと滑らかに根元まで嵌まり込んでいった。

「アア……」

ピッタリと股間を密着させると、真奈が顔を仰け反らせて喘いだ。

京介も、肉襞の摩擦と潤い、きつい締め付けと熱いほどの温もりを感じながら両手を伸ばして抱き寄せた。

真奈が身を重ねてくると、彼は下から両手を回し、膝を立てて尻を支えた。

胸に思春期の膨らみが密着して弾み、恥毛が擦れ合い、コリコリする恥骨の膨らみも伝わってきた。

「もう痛くない？」

「ええ……、いい気持ち……」

訊くと真奈が小さく答え、彼は果実臭の吐息を感じながら彼女の顔を引き寄せた。

3

「何て可愛い顔……」

京介は、メガネ美少女の頬を両手で挟み、近々と観察して囁いた。

「可愛いなんて言わないで。同級生だし、もう大人になったんだから……」

真奈が、湿り気ある吐息を震わせて答えた。

「うん、綺麗だよ、すごく」

「有難う……」

真奈が答えると、京介はまだ動かず、彼女の顔を迫らせて唇を重ねた。

ぷっくりしたグミ感覚の唇が密着すると、心地よい弾力と唾液の湿り気が伝わり、彼は息で鼻腔を湿らせながら舌を挿し入れた。

滑らかな歯並びを左右にたどると、真奈も歯を開いて舌を触れ合わせた。

美少女の舌が、遊んでくれるようにチロチロと蠢き、下向きのため生温かな唾液が彼の口に流れ込んだ。

京介は小泡の多い唾液を味わい、うっとりと喉を潤した。

「もっと唾を出して」

「あんまり出ないわ……」

「酸っぱいレモンをかじることを想像して」

言うと真奈は口を閉じてしばし分泌させ、また口移しにトロトロと注ぎ込んでくれた。京介は、この世で最も清らかなシロップを飲み込み、徐々に股間を突き上げはじめていった。

「アア……」

真奈が口を離して熱く喘ぎ、彼は桃のように甘酸っぱい吐息を嗅ぎながら動きを速めていった。

「強く突いても大丈夫？」

「うん、平気だからうんと動いて……」

言うと彼女が健気に答え、自分も合わせて腰を動かしはじめた。

きつい収縮が強まり、愛液の量も豊富なので、たちまち律動が滑らかになり、ピチャクチャと湿った摩擦音が聞こえてきた。

「しゃぶって……」

真奈の口に鼻を押し込んで言うと、彼女もフェラするように舌を這わせては吸い付き、鼻の頭も穴も唾液でヌルヌルにしてくれた。

彼は美少女の口の中の匂いを存分に嗅ぎ、たちまち締め付けと摩擦の中で昇り詰めてしまった。

「い、いく、気持ちいい……」

大きな絶頂の快感に口走り、彼は大量のザーメンをドクンドクンと勢いよくほとばしらせた。

「ああ、熱いわ、いい気持ち……、アアーッ……！」

噴出を感じた途端に真奈が声を上げ、ガクガクと狂おしい痙攣を開始した。

どうやら、毎回大きなオルガスムスが得られるようになったらしい。

あるいは京介のザーメンを受け止めることにより、彼の快感まで伝わっているのではないだろうか。

テレパスの力が、相手にまで及ぶことがあるのかも知れない。

京介はキュッキュッと締まる膣内で快感を味わい、心置きなく最後の一滴まで出し尽くしていった。

満足しながら突き上げを弱め、まだ息づく膣内でヒクヒクと幹を過敏に震わせた。

「アア……」

真奈も満足げに声を洩らし、全身の硬直を解いてグッタリともたれかかってきた。

京介は重みを受け止め、熱い果実臭の吐息を胸いっぱいに嗅ぎながらうっとりと余韻を味わうと、気を込めてザーメンを吸入した。

脱力感が消え失せ、たちまち射精前の淫気が全身に満ちてくる。

同時に、彼女の愛液に含まれる情報が流れ込んできた。

『前より、すごく気持ち良かった……。でも、力が抜けて動けないわ……』

真奈の心の声を聞くと、彼も嬉しくて限りない幸福感に包まれた。

やがて彼女が、あまり長く乗っているのも悪いと思ったのか、そろそろと身を起こしてゴロリと横になった。

腕枕してやると、真奈が愛液にまみれたペニスにそっと指を這わせてきた。

「まだこんなに勃《た》って……、誰でもこうなの……？」

いじりながら、不思議そうに訊いてくる。

「誰でも、好きな子と一緒にいれば延々と勃つよ」

京介が答えると、真奈は肉棒を手のひらに包み込んでニギニギと動かした。

「まだ出せるの？」

真奈が無邪気に訊いてきた。すでに彼女の膣内にザーメンは残っていないのだが、それには気づいていない。

「うん、あと一回出したい」

「でも、私はもう力が抜けているわ。お口でもいい？」

真奈が言ってくれ、彼は新たな期待にピクンと幹を震わせた。

すると真奈が身を起こし、彼の股間に顔を寄せてきた。

「こっちを跨いで」

京介は言い、また女上位のシックスナインの体勢で顔を跨がらせた。

真奈はペニスを深々と含み、彼の顔に股間を寄せてきた。彼も下から真奈の腰を抱え、割れ目に舌を這わせた。

自分の逆流するザーメンがないので、純粋に愛液だけ味わうことが出来た。

「あう、ダメ……」

集中出来ないように、真奈が口を離すと、尻をくねらせて言った。

「オシッコ出る？」

京介はヒクヒクと幹を震わせながらせがんだ。

「出ないわ。それに無理よ、こんなところで」

「少しでいいから。それならこぼさずに全部飲めるので」

「そんなの、飲まない方がいいと思うんだけどな……」

真奈が答え、それでも僅かながら尿意を覚えたように、息を詰めながら再び亀頭にしゃぶり付いてくれた。

京介も、舐めると集中できないので、下から割れ目に口を当ててるだけにした。

その間も真奈はスポスポと摩擦し、熱い鼻息で陰嚢をくすぐっていたが、やがて彼の目の上にある可憐な肛門がヒクヒク蠢くと、間もなくチョロッと熱い流れがほとばしってきた。

彼はこぼさないよう口に受け、仰向けなので噎せないよう気をつけながら、注がれる流れを喉に流し込んだ。

「ンン……」

真奈がチョロチョロと軽やかに放尿しながら呻き、さすがにその間は含むだけで口を動かす余裕もないようだった。

京介も受け止めていたが、彼女が言うように全く溜まっていなかったようで、勢いを増すこともなく間もなく流れは治まってしまった。

何とか彼は、こぼさずに全て飲み干せたことに満足した。

そしてポタポタと滴る雫を舌に受けて残り香を味わうと、真奈はプルンと尻を震わせ、再び摩擦を再開してくれた。

彼もズンズンと股間を突き上げ、何とも心地よい唇の摩擦に高まってきた。

何しろ、射精するのはこれが三度目になるのに、まだ一回も出していないほど溜まっているのだ。

滴る雫に蜜が混じり、ツツーッと滴ってきた。

彼はそれをすすり、艶めかしい割れ目と肛門を間近に見上げながら絶頂に達してしまった。

「い、いく……」

激しい快感に包まれながら口走ると同時に、ありったけの熱いザーメンがドクンドクンと勢いよくほとばしった。三度目なので、その量も快感も増し、本日最高のものであった。

「ク……！」

喉の奥を直撃された真奈が噎せそうになって呻き、それでも何とか摩擦と吸引を続行してくれた。

「ああ、気持ちいい……」

京介は喘ぎ、美少女の口を汚す快感に腰をくねらせた。

そして彼は何度か肛門を引き締め、心置きなく最後の一滴まで出し尽くすと、満足げに突き上げを止めていった。

真奈も動きを止め、亀頭を含んだまま口いっぱいに溜まった大量のザーメンを何度かに分けてコクンと飲み込んでくれた。そのたび口腔が締まり、軽く歯も当たり、彼は駄目押しの快感に幹を震わせた。

ようやく真奈が口を離し、幹をニギニギしながら尿道口に脹らむ、白濁の雫まで丁寧に舐め取ってくれたのだった。

「あうう、もういい、有難う……」

京介は言い、ヒクヒクと過敏に幹を震わせながら彼女の手を引き、添い寝させると腕枕してもらった。

「ごめんよ、いっぱい出しちゃって……」

「あんなに出るのね。でも伊原君が気持ち良かったなら、それでいいわ」

真奈が言い、京介は何回分かにも等しい量のザーメンが美少女の胃の中で消化吸収されることに悦びを感じた。

そしてザーメンの匂いも混じらない、真奈の甘酸っぱい吐息を嗅ぎながら、うっとりと快感の余韻に浸り込んだのだった。

4

翌日、ジョギングを終えた亜利沙が戻ると三人で朝食を済ませ、やがて美紀子と亜利沙は出ていった。

京介は、自室で大人しく受験勉強である。

今日は亜利沙は、大学が引けたらそのまま真奈の家に行って一泊であり、それは美紀子も承知していた。

明晩には京一郎が帰るから、美紀子も京介と二人きりで過ごす最後の夜というのを意識していることだろう。

とにかく京介は必死に勉強に集中し、昼食を終えた午後も日が傾くまで問題集に専念した。

そして夕方、美紀子が帰ってくると、二人で夕食を済ませ、彼はシャワーと歯磨きを終えた。美紀子も、洗い物を済ませて二階へ引き上げる頃合いである。

「ね、お部屋へ行ってもいい？」

「ええ、いいわ」

京介が甘えるように言うと、美紀子もすぐに笑顔で答えてくれた。

いったい淫気があるのか、それとも単に子供を可愛がりたいだけなのか、その透き通った笑みからは何も窺えない。

とにかく美紀子の部屋に入り、京介は手早く全裸になると、ピンピンに勃起したペニスを露わにした。

「私は、シャワー浴びたらダメなのね？」

「ええ、今のままがいいです」

言われて答えると、美紀子も小さく頷き、黙々と服を脱ぎはじめてくれた。

彼は先に、美熟女の体臭が沁み付いたベッドに横になって眺めた。

美紀子はためらいなく最後の一枚を脱ぎ去ると、巨乳を弾ませてそっと添い寝してきてくれた。

「ああ、嬉しい……」

京介は腕枕してもらい、肌をくっつけながら感激と興奮に喘いだ。

腋の下の色っぽい和毛に鼻を擦りつけて嗅ぐと、そこは生ぬるく湿り、ミルクのように濃厚に甘ったるい汗の味が沁み付き、彼は噎せ返るような芳香でうっとりと胸を満たした。

肌をくっつけているうち美紀子も淫気が高まったか、仰向けの受け身体勢になったので、彼ものしかかって乳首に吸い付いていった。

顔中を柔らかな巨乳に埋め込んで感触を味わい、乳首を舌で転がしながらもう片方を指で探った。

「アア……、いい気持ち……」

美紀子が熱く喘ぎ、クネクネと熟れ肌を悶えさせた。

京介は両の乳首を存分に含んで味わい、体臭に包まれながら滑らかな白い熟れ肌を舐め降りていった。

形良い臍を舐め、張り詰めた下腹に顔を埋め込んで弾力を味わい、豊満な腰から脚をたどった。

スベスベの脚を舐め降り、足裏に舌を這わせ、形良く揃った指の間に鼻を押し付けて嗅ぐと、ムレムレの匂いが悩ましく鼻腔を刺激した。

充分に嗅いでから爪先をしゃぶり、汗と脂に湿った指の股に舌を割り込ませ、両足とも味と匂いを貪り尽くしていった。

「ああ……、くすぐったいわ……」

身を投げ出した美紀子が朦朧となり、熱い息遣いを繰り返しながら言った。

やがて京介は彼女の股を開かせ、滑らかな脚の内側を舐め上げた。

ムッチリと量感ある内腿をたどり、股間に迫ると彼は先に両脚を浮かせ、豊満な尻に迫った。

谷間の蕾に鼻を埋めて蒸れた匂いを貪り、舌を這わせてヌルッと潜り込ませると、

「あう……」

美紀子が呻き、キュッと肛門で舌先を締め付けた。しかしあれ以来アナルセックスを求めてこないので、一回試しただけで気が済み、やはり正規の場所で一つになりたいのだろう。

京介は淡く甘苦い、滑らかな粘膜を充分に探ってから脚を下ろし、割れ目に顔を寄せていった。

指で陰唇を広げると、綺麗なピンクの柔肉が妖しく蠢き、息づく膣口からは母乳のように白濁した本気汁が溢れていた。

京介は茂みの丘に鼻を埋め込み、隅々に蒸れて籠もる汗とオシッコの匂いで鼻腔を刺激されながら、かつて亜利沙が生まれ出た膣口をクチュクチュと舐め回した。

淡い酸味のヌメリを掬い取り、ゆっくりクリトリスまで舐め上げていくと、

「アアッ……、いい気持ち……」

美紀子が身を反らせて喘ぎ、内腿できつく彼の両頬を挟み付けてきた。

京介は熟れた体臭に噎せ返りながら舌を這わせ、最も感じる突起にチュッと吸い付いた。

「ね、オシッコ出して。決してこぼさないから」

股間から言うと、美紀子がビクリと熟れ肌を震わせた。彼も、真奈の出した全てを飲み干せたので自信が付いているのだ。

「ああ……、無理よ、お布団の上でなんて……。でも、吸われたら出ちゃいそう」

美紀子が朦朧としながら言い、尿意が高まってきたようだ。

なおも吸い付き、割れ目内部を舐め回していると、ほんの少しだけチョロッと洩れてきたので、彼は貪るように飲み込んだ。

あまり溜まっていないようだったが、僅かでも味と匂いが得られたので満足し、なおも彼は濡れた柔肉を舐め回し続けた。

「あう、ダメ、お願い、入れて……！」

すっかり高まった美紀子がせがみ、ヒクヒクと白い下腹を波打たせた。

彼も身を起こして股間を進めた。どうせ何度でも出来るのだから、まずは一度射精して落ち着きたかったのだ。

幹に指を添えて先端を濡れた割れ目に擦り付け、充分にヌメリを与えてから、ゆっくり膣口に潜り込ませていった。

ヌルヌルッと滑らかに根元まで挿入すると、

「アア……、いい……！」

美紀子が顔を仰け反らせて喘ぎ、両手を伸ばして彼を抱き寄せた。

京介も肉襞の摩擦と締め付け、潤いと温もりに包まれながら豊満な熟れ肌に身を重ねていった。

胸の下で巨乳がムニュッと押し潰れ、心地よい弾力が伝わった。

美紀子は両手を回し、下から熱烈に唇を求めてきた。

彼も舌を挿し入れてチロチロとからめ、滑らかに蠢く美熟女の舌を貪りながら徐々に腰を突き動かしはじめた。

「ンンッ……！」

美紀子が京介の舌にチュッと強く吸い付きながら、熱い鼻息で彼の鼻腔を湿らせ、合わせてズンズンと股間を突き上げていた。

次第に互いの動きが一致し、股間をぶつけ合うように律動すると、クチュクチュと湿った摩擦音が聞こえ、揺れてぶつかる陰嚢まで生ぬるい愛液に濡れた。

「ああ……、すぐいきそうよ、もっと強く奥まで、何度も突いて……！」

美紀子が唾液の糸を引いて口を離し、熱い息でせがんできた。

口から吐き出される息は濃厚な白粉臭を含み、その匂いだけで彼は激しく高まり、あっという間に大きな絶頂の快感に全身を貫かれてしまった。

「く……！」

京介は呻きながら、ドクンドクンと勢いよく熱いザーメンを注入した。

「ああ……、熱いわ、いい気持ち、いく……、アアーッ……！」

噴出を感じた途端にオルガスムスのスイッチが入り、美紀子も声を上ずらせながらガクガクと狂おしい痙攣を開始した。

その収縮の中で彼は心ゆくまで快感を噛み締め、最後の一滴まで義母の膣内に出し尽くしていった。

「ああ……」

すっかり満足しながら声を洩らし、京介は動きを止め、力を抜いて豊満な熟れ肌に体重を預けていった。

美紀子も充分に快感を味わったらしく、肌の強ばりを解いてグッタリと身を投げ出した。まだ名残惜しげな収縮が繰り返され、内部で彼自身がヒクヒクと過敏に跳ね上がった。

そして彼は、喘ぐ義母の口に鼻を押し込み、吐息に含まれる濃厚な白粉臭の刺激を嗅ぎながら、うっとりと余韻を味わったのだった。

充分に呼吸を整えると、彼は気を込め、中に放ったザーメンを吸入した。

生温かな体液が、義母の愛液を混じらせて尿道口から逆流してくると、また絶大な淫気が甦ってきた。

美紀子の思いをそっと読み取ると、激しい快感の悦びと余韻が心の中で激しく渦巻いていた。

すると、そのとき、

「あう、何これ、吸い込まれるわ……、またいく、アアーッ……！」

吸入していると、何と再び美紀子が声を上げ、ガクガクと狂おしく身悶えはじめたのだ。

前のときは何でもなかったが、するたびに性感が研ぎ澄まされ、どうやら吸引されながら再びオルガスムスに達してしまったのだろう。

「も、もう堪忍《かんにん》して……」

昭和生まれの美紀子が古風な言い回しで哀願し、やがて全て吸い込むと、いったん京介はヌルリと引き抜いて添い寝していった。

「アア、今のは何……」

美紀子は息も絶えだえになり、今の未知の感覚を探りながら言った。

そして彼女は、まだ激しく屹立しているペニスを見て、確かめるように自らの膣口に指を潜り込ませたのだ。

「どうしてこんなに勃っているの。いま中に出したばかりなのに……」

美紀子が不思議そうに言い、膣から引き抜いた指を調べ、そっと嗅いでみた。

しかし匂いはなかったようで、奥を直撃した感触が残っているのに、指にザーメンは付着していないのだ。

「射精していないの……？」

「いえ、出したけど、再び吸い込んだんです」

京介は、自分の特異体質のことを初めて人に打ち明けたのだった。

5

「そう……、不思議な力ね。じゃ一晩中、延々と抜かずに何度も射精出来るのね……」

説明を聞き、美紀子が呼吸を整えながら言った。

京介は彼女に、コンドームのオナニーで発見したことから言ったが、もちろん心根が読み取れることは黙っていた。

美紀子も、特に京一郎から前妻の能力については聞かされていないらしい。

京一郎も、亜利沙に打ち明けたときは、よほどほろ酔いで口が軽くなっていたのだろう。

「ええ、でも一晩中したら二人とも死んじゃいます。だから射精は日に三回までと決めているんです」

「確かに、一晩中気持ち良くなったら死んでしまうわ。でも、吸い取られるときは、すごく不思議な気持ちでいってしまったわ……」

美紀子が、またその感覚を得たいかのように囁いた。

「でも吸入できるって、お風呂に浸かっているときお湯を吸い込んだりしない？」

「それはないです。吸入出来るのは自分のザーメンだけで、射精して五分以内ぐらいです」

「吸入すれば、避妊の必要もなく便利だわ。そして最後は、お口に出して飲んでしまえば、それで一日の打ち止めなのね」

「そうです」

京介が言うと、美紀子は仰向けになった彼にのしかかってきた。

「ね、日に三回できるなら、もう一回私の中に出して。最後は飲んであげるから」

言われて頷くと、美紀子は彼の股間に跨がり、愛液まみれで屹立したペニスを今度は女上位でヌルヌルッと受け入れていった。やはり快感に貪欲になり、未知の感覚も得たいのだろう。

「アア……、いい、奥まで感じるわ……」

再び一つになり、すぐにも身を重ねながら美紀子が喘ぎ、キュッキュッときつく締め上げてきた。

京介も下から両手でしがみつき、膝を立てて豊満な尻を支えた。

すぐにも彼女は腰を遣い、京介もズンズンと股間を突き上げはじめた。

「ああ、いい気持ちだわ。すぐいってしまいそう……」

美紀子が熱い息を弾ませて動きを強め、収縮と潤いを増していった。

「ああ、ママの息がいい匂い……」

「そ、それを言われるとすぐいきそうよ、京介……」

美紀子も興奮に任せて口走り、大量の愛液を漏らして互いの股間をビショビショにさせた。

京介は、吐息の白粉臭より強い刺激を求めた。

「ね、空気を呑み込んでゲップしてみて」

「無理よ、そんなの。すっごく臭かったらどうするの……」

言うと、美紀子が羞恥に収縮を強めて答えた。

「ギャップ萌《も》えで、もっとメロメロになりそう」

「知らないわよ……」

快感と興奮でその気になったか、美紀子は何度か空気を呑み込むと、大きく開いた口で彼の鼻を覆い、下の歯を彼の鼻の下に当ててくれた。

京介が美しい義母の、濃厚に甘い口臭を嗅いでうっとりと鼻腔を満たしていると、やがて美紀子がケフッと軽やかなおくびを洩らしてくれた。

「わあ、濃厚……」

嗅ぐと、夕食に食べた美紀子の手作りコロッケの、ほんのり生臭く発酵した匂いが鼻腔を掻き回してきた。

「い、いく……！」

京介は濃い刺激で胸を満たしながら口走り、あっという間に昇り詰めてしまった。

まるで美しく豊満な義母に呑み込まれ、胃の中にいるような快感だった。

同時に、ありったけの熱いザーメンがドクンドクンと勢いよく、さっきより快感と量を増してほとばしった。

「あう、感じる……」

美紀子は噴出を受け止めて呻いたが、オルガスムスには達しなかったようだ。さっき果てたばかりだし、セーブしたというより、吸入される快感を心待ちにしているのだろう。

一度目より多い射精快感を味わい、京介は満足しながら徐々に突き上げを弱めていった。そして余韻に浸りながら美紀子の吐息を嗅ぐと、すでにコロッケ臭は消え去りさっきと同じ悩ましい白粉臭がしていた。

「いいですか、吸い込みますよ」

京介が息を弾ませて言うと、美紀子が熟れ肌を強ばらせて身構えた。

そしてザーメンと愛液を吸入していくと、

「す、すごいわ。魂まで吸い取られそう、いく……、アアーッ……！」

美紀子が口走り、ガクガクとオルガスムスの痙攣と収縮を開始した。

子宮の入り口からヌメリを吸われるというのは、何やらバキュームフェラに似た快感があるのだろうか。

しかし女性の絶頂は大きすぎて、彼は心の中を覗くのは控えた。

やがて京介が全て吸い取ると、

「も、もうダメ、変になりそう……」

あまりに激しい快感を恐れるように、美紀子は言うなり自ら股間を引き離してしまった。

そして彼女は力の抜けた全身を懸命に移動させ、大股開きになった京介の股間に腹這いになったのだった。自分の愛液にまみれているペニスをしゃぶり、忙《せわ》しげな熱い息を股間に籠もらせ、張り詰めた亀頭に吸い付いた。

「ああ……」

すでに淫気が甦っている京介は、義母の温かく濡れた口の中で快感に幹を震わせて喘いだ。

美紀子は深々と頬張り、上気した頬をすぼめて吸い、念入りに舌をからめてきた。

同時に手のひらで陰嚢を包み込み、射精を促すように袋の付け根を優しく揉んでくれた。

彼が快感に任せ、ズンズンと股間を突き上げはじめると、

「ンン……」

美紀子は熱く鼻を鳴らし、自分も顔を小刻みに上下させ、濡れた唇でスポスポとリズミカルな摩擦を繰り返してくれた。

貪るように吸引が強いのは、喘ぎ続けて口が乾き、早く飲みたいのかも知れない。

たちまち京介は昇り詰め、激しい快感に身をよじりながら、本日最後のザーメンをドクンドクンと勢いよくほとばしらせた。

「ク……」

喉の奥を直撃され、美紀子は小さく呻きながら、今までで一番多い量のザーメンを受け止めた。

京介は心ゆくまで快感を噛み締め、最後の一滴まで美しい義母の口の中に出し尽くしていった。

「ああ、気持ち良かった……」

彼は心から言い、満足しながらグッタリと身を投げ出した。美紀子も動きを止め、口に溜まった大量のザーメンを一息にゴクリと飲み込んでくれた。

「あう……」

キュッと締まる口腔に駄目押しの快感を得て、彼はピクンと美紀子の口の中で幹を震わせた。

「いっぱい出たわね。京介の出したものと思うと美味しい……」

口を離した美紀子が股間から囁き、なおも幹をしごき、尿道口から滲む余りの雫まで丁寧にチロチロと舐め取ってくれた。

「あうう、もういいです……」

京介は腰をよじって呻き、ヒクヒクと過敏に幹を震わせた。

すると美紀子が移動し、再び添い寝して腕枕してくれた。彼も熟れ肌に包まれながら呼吸を整え、うっとりと余韻を味わった。

「もう今夜はシャワーはいいわね。このまま一緒に寝ましょう」

美紀子が言い、薄掛けを引き寄せて二人の体に掛けた。

「朝にまた、しましょう。亜利沙は真っ直ぐ大学へ行くし、私も京一郎さんを迎えるため、明日明後日は料理教室の休みをもらっているので」

美紀子が囁く。もちろん吐息にザーメン臭はなく、京介が大好きな甘い白粉臭がしていた。

もちろん一晩寝れば、朝一番から元気に淫気が回復することだろう。

ただ明晩から京一郎もいるので、どのような生活パターンになるのか、まだ分からない。これからも美紀子とさせてもらうためには、明朝さらに熱を込めて快楽を与えれば良いだろう。

京介は思い、義母の巨乳に顔を埋め、優しく艶めかしい温もりと匂いに包まれながら目を閉じたのだった……。


（了）

※本作品はフィクションです。
作品内の人名、地名、団体名等は
実在のものとは関係ありません。

［参考文献］
『姦の忍法帖』山田風太郎・著（ちくま文庫）収録「〆の忍法帖」

長編小説
義母《はは》と義姉《あね》 とろみつの家《いえ》
睦月影郎《むつきかげろう》

2024年6月24日　初版第一刷発行

ブックデザイン…………………… 橋元浩明（sowhat.Inc.）

発行所……………………………………株式会社竹書房
〒102-0075　東京都千代田区三番町８－１
三番町東急ビル６F
email：info@takeshobo.co.jp
https://www.takeshobo.co.jp
印刷・製本………………………中央精版印刷株式会社

TAKESHOBO Co.,Ltd.